龍&Dr.外伝

獅子の誘惑、館長の決心

樹生かなめ

white heart

講談社X文庫

目次

イラストレーション／神葉理世《しんばりぜ》

龍《りゅう》&Dr.《ドクター》外伝《がいでん》

獅子《しし》の誘惑《ゆうわく》、館長《かんちょう》の決心《けっしん》

1

異常あり。

ビリリリリリリリッ、という警報ベルが鬼怒川温泉《きぬがわおんせん》のゆけむり美術館に鳴り響いた。

「……何事？」

こんな長閑《のどか》な温泉地の美術館に賊か、と館長である緒形寿明《おがたとしあき》は異常事態発生に真っ青になった。

犯罪組織に狙《ねら》われるような美術品はないが、剣道で高名な高徳護国《たかとくごこく》家から寄贈された名刀や甲冑《かっちゅう》は国宝級だ。

名刀は今でも殺傷力が高い。

高徳護国流の道場で剣道を習った立場上、命に代えても、剣士の魂とも言うべき名刀や武具を盗まれるわけにはいかない。警備員の桑田《くわた》はいつものように正面玄関で常連猫と格闘していたし、バイトの裕子《ゆうこ》は旅行会社からの電話に応対している。対処できるスタッフは館長の寿明以外にいない。

「……このっ」

どこの誰だ、と寿明は掃除用具入れに隠していた木刀を手にすると、警報ベルの発信地にひた走った。どんな敵であれ、逃げたりはしない。

土地柄、館内はとても広く、移動するにも体力を消耗する。ただ、東京で館長を務めていた美術館と違って、造りが素朴だから迷ったりはしない。天井が高く、幅も広い廊下を全速力で駆け抜けるだけだ。

案の定、異常事態発生は、高徳護国家から寄贈された名刀や甲冑を公開する展示室だ。

僕も高徳護国流の剣士のひとり、と寿明は木刀を構えた。

そうして、死闘覚悟で乗り込んだ。

「……え？」

その瞬間、寿明の心臓が止まった。

……止まったかと思ったが、止まらなかった。もっとも、寿明自身、展示されている木像のように固まる。

何せ、小さな若武者軍団がいたから。

「やぁやぁ我こちょは、まぁくんなるぞ。出陣じゃーっ」

近隣の幼稚園で一番の腕白坊主が、石像の台で雄々しく名乗りを上げた。その手には展示されていた小刀がある。

「出陣なの～っ」

聡明《そうめい》そうな幼稚園児が軍扇を振った。つぶらな瞳《ひとみ》には軍師としてのプライドがらんらんと輝いている。

「いざ～っ」

「いちゃ～出陣じゃーっ」

ぱお～っ、と身体《からだ》の大きな園児が器用にも法螺貝《ほらがい》を鳴らす。

展示室を占領していたのは、小さな若武者集団だ。いったい何人いるのだろう。小さな若武者たちが展示品の短刀や馬印を高く掲げ、猛々《たけだけ》しい雄叫《おたけ》びを上げる。もはや、誰が何を叫んでいるのかまったくわからない。

「わ～はっはっはっ、我こそは鬼神の第一の将なるぞ。我を倒そうなんて百万年早いっ」

敵陣の大将が展示品の槍《やり》を威嚇するように振り上げた。……いや、敵の大将は誉れ高き高徳護国流の次期宗主である高徳護国晴信《はるのぶ》だ。

ドドドドドドッ、と小さな若武者集団が晴信に襲いかかる。

だが、晴信は楽しそうにひとりずつ引き剝《ひ》がした。勇名を轟《とどろ》かせた剣士にとって、幼稚園児の軍団は相手にならない。

それでも、一番の腕白坊主は勇猛果敢にも挑んだ。

「えいっ、レッドマンキックだ」

いつしか、園児たちは武将から戦隊物の正義のヒーローに変身している。

「えいえいえいえいっ、ブルーマンキックだ」

「イエローマンキックでちゅ」

元気のいい園児たちがいっせいに飛びつき、一瞬にして晴信は人間ジャングルジムと化した。

ガタガタガタガタッ、と展示品の甲冑が倒れそうになった瞬間、ようやく寿明は自分を取り戻す。木刀を手に木像と化している場合ではない。

「……うわっ」

間一髪、慌てて甲冑を支え、間に合ったが、隣に並べられていた兜《かぶと》が落ちた。展示されている徳川家康《とくがわいえやす》が当時の高徳護国流宗主にあてた書簡も危ない。織田信長《おだのぶなが》が当時の高徳護国流宗主に授けた屛風《びょうぶ》も危険だ。

「……じ、次期殿、我らが高徳護国流の次期宗主が何をしているのですか？」

寿明は国宝級の甲冑を支えたまま、やっとのことで声を出すことができた。怒りが大きすぎて、白い頬《ほお》が引《ひ》き攣《つ》る。

「……おう、花の国のプリンセスが来たぜ」

晴信があっけらかんと言うと、幼稚園児たちの目に星が飛んだ。

「うんっ、レッドマンは花の国のプリンセスを守るの～っ」

守る、と意気揚々と宣言したのに、やんちゃ坊主は寿明に向かってダイビングした。それも凄《すさ》まじい勢いで。

「……うっ」

ここで倒れたら被害が大きい。

寿明は剣道初段のメンツにかけ、華奢《きゃしゃ》な身体でやんちゃ坊主を受け止めた。どんなに鍛えても筋肉がつかなかった自分の身体が恨めしい。

「おぉ～っ、花のプリンセスは凛々《りり》しいな。それでこそ、高徳護国流の姫だ」

晴信が誇らしそうに声を立てて笑うが、王者の風格が漂っているだけに腹立たしい。展示されている武具や刀などの価値を理解していないとは思いたくなかった。

「……次期殿、さっさと収拾をつけてください」

寿明はやんちゃ坊主を押さえつつ、晴信に向かってきつい声音で言った。どんなに楽観的に考えても、自分がこの騒動を鎮められるとは思わないからだ。

「……あ？　確か、エンディングは花のプリンセスが花を持って踊っている。ケーキをレッドマンたちに運んでいたはずだ」

晴信の言葉に仰天したのは寿明だけだった。

「……な、何がエンディングですかっ」

レッドマンだのブルーマンだのイエローマンだの、幼稚園児たちが夢中になっている戦隊物のヒーローだとわかる。在りし日、寿明の剣道仲間たちも戦隊物の正義のヒーローに感化されていた。道場で正義のヒーローごっこをして、厳格な師範代にこっぴどく叱《しか》られたものだ。

「花のプリンセス、花を持って踊れ」

花のプリンセス、と晴信に役割を与えられ、寿明の可憐《かれん》な顔が歪《ゆが》んだ。美少女にしか見えないと言われた遠い日でも、プリンセスではなく戦隊物のピンクマンが振り当てられたというのに。

たとえ、尊敬する剣士の指示であっても従えない。

「展示室は湿気のあるものは禁止です。生花は絶対に駄目……あ、湿度が……」

寿明は壁に設置されている温湿度計で湿度を確かめ、背筋を凍らせた。展示品の劣化を防ぐため、湿度や光には入念な注意を払わなければならないのだ。

「じゃあ、ケーキをこいつらにやってくれ」

「とりあえず、展示室から出てくださいっ」

「プリンセスがそんなに凄《すご》むな。可愛《かわい》い顔が鬼みたいだぜ」

「次期殿、さっさと出てくださいーっ」

人々の郷愁を誘う温泉郷の美術館は阿鼻叫喚《あびきょうかん》の嵐《あらし》。

詰め込み式の勉学に励み、国内最高の偏差値の大学に現役で合格し、最難関の国家試験に合格した知性など、なんの役にも立たない。体力と根性必須《ひっす》の現場だった。

どうしてこんなことになったのか、と寿明には思い悩む間もない。

声を嗄《か》らしつつ、やっと美術館に併設しているカフェに晴信や園児たちを誘導した。バイトの裕子がジュースと温泉饅頭《まんじゅう》を園児たちに与え、上手《うま》くあやしている。園児たちは勝利した合戦後のように晴れ晴れとしていた。

「次期殿、受付に来てください」

晴信が子供たちと一緒に温泉饅頭をつまもうとしたので、寿明はそっと耳打ちした。

「どうして?」

「話したいことがあります」

「ここでいいだろう」

「今、受付が無人です」

今日、団体バスが立ち寄る予定はないが、油断はできない。日光東照宮や華厳滝《けごんのたき》、東武ワールドスクウェアや日光江戸村など、近隣のスポットの帰り、急遽《きゅうきょ》、トイレ休憩のような形で立ち寄るケースがあったからだ。

「誰かが来たら、チン、と鳴らすだろう」

「次期殿、ここではなんですから早く……」

「なんだ、俺とふたりきりになりたいのか？」

「なんでもいいから早くっ」

寿明は渋る晴信を促し、広々とした受付に向かった。痛風で入院した前館長を筆頭に交通事故や娘の世話など、スタッフは軒並み休職中で人手が足りない。いくら入館数が少ない美術館でも、寿明と裕子というバイトと桑田という初老の警備員の三人では無理だ。

「次期殿、これはどういうことですか？」

寿明が受付で睨《にら》み据えると、高徳護国流の未来を背負う剣士は宥《なだ》めるように手を振った。

「花のプリンセス、可愛い顔が怖い。般若《はんにゃ》みたいだ」

「僕を般若にさせたのは誰ですか？」

美術館は子供たちの遊び場ではありません、と寿明は低く絞った声で続けた。こんな時、甘いと揶揄《やゆ》される自分の声が恨めしい。

「あいつらはチビッコでも日光の男だ。日本刀や甲冑を見たら血が騒ぐ」

「それで？　次期宗主がご自分の立場も顧みず、高徳護国家が寄贈した日本刀や甲冑が展示された神聖なる場で戦ごっこをしたのですか？」

ワークショップで何度も来館しているから、幼稚園児たちにとってゆけむり美術館は遊び場かもしれない。どこからどうやって入館したのか不明だが、気づかなかった美術館側《がわ》にも落ち度がある。それでも、一番許されないのは、園児たちと一緒になって騒いだ高徳護国流の次期宗主だ。

「日本刀や甲冑は飾るものじゃなくて使うもんだ。祖父がよく言っていた」

晴信の身体に脈々と流れる武将の血に感服したりはしない。寿明は全精力を傾け、諭すように言った。

「それは道場でなさってください」

寿明は真っ直《ます》ぐな目で尊敬する年下の剣士を見据えた。

「寿明さん、さすがだ。俺の目に狂いはなかった。堂々とした館長だ。これで前の館長も安心して痛風の治療に専念することができるぜ」

そもそも、寿明はなりたくてゆけむり美術館の館長になったわけではない。最期の地として選んだ鬼怒川で、ひっそりと自死するつもりだったのだ。なのに、晴信に問答無用の強引さで館長を押しつけられてしまった。『死相が出ている奴《やつ》をほっておけるかっ』という罵声《ばせい》とともに。

死にたかった。

死ぬために鬼怒川の地を踏んだのだ。

さっさと死んでしまえばよかった、という凄絶《せいぜつ》な後悔に苛《さいな》まれている。

『兎《うさぎ》、惚《ほ》れたと思うから俺のものになれ』

傲慢《ごうまん》な帝王の言葉も耳にこびりついて離れないからなおさらだ。思いだしただけで心臓の鼓動が速くなる。

寿明は痛む胸を押さえながら、晴信を睨み据えた。

「話を誤魔化さないでください。僕は臨時のバイトです」

「寿明さんがいないとここは回らない。頼むぜ」

「前の館長には復職していただきます」

前館長とは一面識もないが、噂話《うわさばなし》から察するに故郷の鬼怒川をこよなく愛する美術愛好家である。高徳護国流の本家で剣道を習ったというから館長にはうってつけだ。

「無理を言うな」

「僕はそろそろ東京に戻らなければなりません。後は裕子さんと相談してください」

あの日、寿明は宋《そう》一族のトップの腕の中で聞かされた。『俺がいるところが宋一族の本拠地になる』と。

宋一族のトップならば、どんな相手でも手に入るはず。

どうしたって信じられないけれど、僕のどこが気に入った。

なんにせよ、僕がここに留《とど》まっていたら危険だ。

鬼怒川が闇《やみ》組織の本拠地になる、と寿明は心の中でそっと呟《つぶや》いた。九龍《クーロン》の大盗賊と呼ばれる宋一族の総帥が隣の蕎麦屋《そばや》に潜伏しているなど、口が裂けても明かすことができない。……いや、告げたくても告げられない。たとえ告げても信じてもらえる自信はない。

「裕子さんはバイトだ。学芸員の資格も持っていない」

「ですから、裕子さんに学芸員の資格を取得してもらいます」

「レンジでチンのメニューも間違える裕子さんに資格が取れるのか？」

裕子は受付や事務、ミュージアムショップやカフェを兼任しているが、カレーライスを注文してもハヤシライスが出てくる可能性が高い。その反対のケースも多かった。もちろん、寿明はいろいろと問題がある裕子の性格には目をつむる。彼女が心からゆけむり美術館を愛していることを知っているから。

「裕子さんなら大丈夫です」

寿明が自信を持って太鼓判を捺《お》した瞬間。

「館長、無理に決まってているでしょうーっ」

振り向けば、鬼がいた。

……否、鬼のような裕子が仁王立ちしていた。手には金棒が握られているような気がしないでもない。……いや、金棒の代わりに、やんちゃ坊主がふたり、ぶら下がっていた。

「裕子さんが本気になれば大丈夫です」

「館長、剣道やら習字やら習いつつ日本で一番いい大学に現役で合格して、キャリア試験にもパスして文科省のお役人として働いた後に、東京の家賃が高いところのお洒落《しゃれ》美術館で館長として働きながらあっさり学芸員試験にパスした自分の頭と同じように考えないでよ。一度電話帳を見ただけで、電気屋も水道もガスも牛乳屋もお隣の蕎麦屋も三河屋《みかわや》さんも温泉組合も幼稚園も小学校も日本画の先生も、あらかたの電話番号と住所を覚えたのはすごいわ。展示品の蘊蓄《うんちく》もすぐ垂れられるようになるんだから、すごいの二倍よ〜っ」

裕子は頬を紅潮させ、物凄《ものすご》い勢いで一気に捲《まく》し立てた。歴戦の剣士がヒヨコに見えるような気迫だ。

「資格取得の準備は僕が整えます」

ここで迫力負けしたら終わり、と寿明は凛《りん》とした態度で対峙《たいじ》した。目線は百六十六センチの寿明より少しだけ裕子が低い。

「替え玉受験をするのね？」

想定外の裕子の言葉に、寿明はのけぞりそうになった。冗談の気配はまったくない。

「試験を受けるのは裕子さん自身です」

「じゃあ、裏金とかコネを使ってパスさせてくれるの？　元キャリアだからそういうのもできるのね？」

いったいどこからそんな考えが出てくるんだ、と寿明は感心している場合ではない。毅《き》然《ぜん》とした態度で言い放った。

「不正はいけません」

「不正でもしないと私《わたし》は試験に合格しないわ。どうして私が高校に入学して留年もせずに卒業できたか教えてあげる。私はカンニングが得意だったの」

カンニングさせてくれる友達に恵まれていたのよ、と裕子はその場で飛び跳ねた。必然的に左右の手を繫《つな》いでいるやんちゃ坊主たちも元気よく飛び跳ねる。

「裕子さん、不正の過去は忘れましょう。子供の教育上、とても悪い」

「館長、裏切りは許さないわよ」

裕子の手が園児たちで塞《ふさ》がっていなければ、襟首を摑《つか》まれていた剣幕だが、寿明は柔和な声で言い返した。

「裏切りではありません」

「私たちを見捨てたりはしないわね。みんなが戻ってくるまで、私と館長と伯父ちゃんでここを守るの」

「裕子さん、一度落ち着いてよく考えましょう。僕は……」

寿明の哀愁を込めた説得の言葉を遮るように、裕子は甲高い声を上げた。

「……あ、やっと園長先生が来た。お猿さんたちの野放し教育にも困ったわね」

裕子の視線の先には、慈悲深い観音菩薩《ぼさつ》を体現したような園長とベテラン先生がいる。正面玄関で猫の不法侵入を阻止していた警備員に挨拶《あいさつ》をしていた。

「……お猿さん……子供たちのことですか……日光猿軍団のほうが賢い……っ、失言でした。聞かなかったことにしてください」

　寿明は慌てて口を押さえると、神妙な面持ちで言い直した。

「……危ないですから園長から気をつけるように注意してもらってください……裕子さん？」

　寿明の切羽詰まった注意は、もはや裕子の耳には届いていない。小猿のような園児たちを抱え、園長に向かって突進している。

　今後について裕子に託したいのに、落ち着いて話し合うことすらできない状態だった。何せ、正面玄関では初老の警備員が常連客ならぬ茶トラの猫と格闘している。いつの間にか、晴信は正面玄関に突進してくる猪《いのしし》に立ち向かっていた。和の情緒溢《あふ》れる温泉地の美術館は、怪盗より野生の常連客が危険だ。

「……このままではいけない……このままではいけないのに……」

　寿明は頭を抱えたが、受付の電話が鳴り響いたから応対する。旅行会社からの電話だ。交渉のため、事務室に移動した。

　旅行会社との交渉を終えた後、日光湯元で暮らす高齢の画家から絵画の寄贈の申し出が入る。なんでも、黄泉国《よみのくに》に旅立つ準備の真っ最中だという。

「芸術家に引退はありません。終活なんて仰《おっしゃ》らないでください……はい……はい……寄贈ということでしたらありがたく展示させていただきます……感謝します……」

一瞬、寿明は躊躇《ちゅうちょ》したが、断る理由は見つからない。もともと、ゆけむり美術館は美術品の寄贈により設立された。それ以来、芸術家や篤志家などによる寄贈や寄付で成り立っている。世知辛い昨今において希有《けう》な美術館だ。

受話器を置いて書類の整理をしていると、鬼怒川名産品のチラシのファイルに請求書が挟まっていた。

「……うわっ……どうしてこんなところに請求書が……」

寿明から血の気が引いた時、愛嬌《あいきょう》のあるオヤジの声が聞こえてきた。

「……おや、館長、兎のように可愛い顔がくすんでいるよ」

いつの間にいたのか、隣の蕎麦屋の店主である健作《けんさく》が人好きのする笑みを浮かべて立っていた。その手には出前箱がある。

「……健作さん？」

蕎麦打ち名人の異名を取る健作は、近隣住人に長く愛されている蕎麦屋の主人だ。前の館長やスタッフたちとも仲がよく、家族ぐるみでつき合っていたと聞いた。

……だが、蕎麦屋の主人は健作であって健作ではない。

どこからどうやって見ても健作にしか見えないし、スタッフは誰ひとりとして疑っていないが、宋一族の総帥こと獅童《しどう》の変装だ。

獅童だよな、と寿明は全神経を集中させて深い皺《しわ》が刻まれた健作の顔を見つめた。東西の美を体現したような絶世の美形の面影は微塵《みじん》もない。

「はい、カツ丼《どん》、お待ち」

ドンッ、と休憩用の机にカツ丼が置かれた。腕時計で時間を確かめれば、昼の休憩時間をとっくに過ぎている。

「僕は注文していません」

寿明が首を振ると、健作はにぱっ、と笑った。

「次期様から注文があったんだよ」

「次期様が注文したんですか？」

「さすが、次期様は太っ腹だ。……さぁ、細っこい館長は残さずにお食べ。湯葉の酢の物と芋羊羹《いもようかん》はサービスだ」

寿明が顔を引き攣らせていると、晴信が猪との戦いに勝利して現れた。手や腕には名誉の負傷がいくつもある。

「おぅ、健作オヤジ、待っていたぜ」

晴信が手を上げると、健作は顔をくしゃくしゃにした。

「次期様、お待ち。相変わらず、いい男っぷりだ。うちのカミさんが一目惚れしたわけがわかるぜ」

健作は愛嬌たっぷりに晴信の前にカツ丼とたぬき蕎麦を置いた。当然のように、サービスの酢の物と芋羊羹もついている。

「女将《おかみ》さんは俺だけじゃなくて義信《よしのぶ》にも一目惚れしている」

晴信のちょっとしたセリフの端々に、出奔した異母弟が飛びだす。寿明は黒曜石のような目を曇らせたが、健作は風か何かのように流した。

「俺も毎日のようにあっちこっちの可愛い子ちゃんに一目惚れしているから、カミさんのことは言えねぇ」

「今日はどこの可愛い子ちゃんに一目惚れだ？」

「そんなの、ここの館長さんに一目惚れに決まってる。うちの看板娘に欲しいぐらいだ」

バチンッ、と健作は寿明にウインクを飛ばした。以前、獅童の姿でウインクを飛ばしてきた時とはまるで違う。

寿明の顔は歪みっぱなしだが、晴信は楽しそうに頷《うなず》いた。

「……ああ、可愛いだろう。高徳護国流の看板娘だ」

「こんな可愛い子ちゃんが剣道初段とはお見それしました」

「そう、寿明さんは東京の高徳護国流の道場に通っていたんだ。たまに日光の道場に来て、父や師範が稽古《けいこ》をつけたが、筋がいいんで褒めていた。難点は、線の細さと腕力のなさだ」

「そういや、本家の道場にはもうひとり、びっくりするぐらいの姫さん剣士がいたなぁ？」

健作こと獅童が思いだしたように言うと、晴信は箸《はし》を手に大きく頷いた。

「ああ、綺麗《きれい》な剣士なら二階堂正道《にかいどうまさみち》だ。ああ見えて、無茶苦茶強いし、今では警視総監候補の筆頭だぜ」

「おお、そりゃあ、いい。あの綺麗な姫さんが警視総監になったら、悪さをしても見逃してもらえますすな」

「それがな、あの堅物姫さん相手じゃ、庇《かば》ってもらえない。義信の親友だけあってカチコチの石頭だ」

次期殿、そんなに親しそうに犯罪者と喋《しゃべ》らないでください。その蕎麦屋の主人は健作さんではなくて宋一族の総帥です。僕が呼んだわけではありませんが、僕が呼んでしまったようなものです。獅童が僕のそばに留まるから、蕎麦屋が宋一族の本拠地になってしまいました。僕の責任です。申し訳ありません、と寿明は心の中で敬愛する高徳護国流の次期宗主に向かって詫《わ》び続けた。

苦しくていたたまれないが、忙しすぎて悩んでいられない。カツ丼を平らげる前に館内に蝶《ちょう》が侵入し、スタッフ一同、血眼《ちまなこ》になって捕獲に奮闘した。

2

寿明《としあき》は物心ついた時から、祖父や父の母校に入学するため家庭教師について勉強した。

『寿明くん、合格おめでとう。これからよ』

母親には合格してもさして褒められなかったし、寿明の勉強は終わらなかった。点数を取るためだけの勉強に励む中、唯一の息抜きが父や兄、祖父が通った高徳護国《たかとくごこく》流の道場だ。不器用な寿明は上手《うま》く馴染《なじ》めなかったが、直人《なおと》という同世代で一番元気のいい仲間のおかげでなんとかなった。

『寿明、すごいな。頭がいいんだな』

『直人、僕はたいしたことないんだ』

『そんなことねぇよ。すごいぜ』

直人に手放しで褒《ほ》め称《たた》えられ、寿明はくすぐったくてたまらなかった。文部科学省のキャリア官僚になった時にしてもそうだ。

『寿明、エリート官僚なんてすごいぜ』

『直人、だから、僕はたいしたことはない』

『そんなことねぇ。マジにすげぇ。お前の代わりに俺が自慢してやる』

文部科学省で出世コースから外れ、出向先の明智松《あけちしょう》美術館で館長に就いた時も、直人は屈託のない称賛を送ってくれた。

『寿明、あのセレブタウンのお洒落《しゃれ》美術館の館長なんてすげぇよ』

『直人、僕はたいしたことはないんだ』

『そんなことはない。俺なんてそのお洒落美術館に入ろうとしても、馬鹿《ばか》すぎて入れてくれないと思う』

『明智松美術館には素晴らしい美術品が展示されている。ぜひ、鑑賞してほしい』

『……悪い。俺は美術とか芸術はまったくわからない。小学生の落書きも天才画家とやらの絵も同じに見える』

直人が顰《しか》めっ面《つら》で零《こぼ》したセリフには聞き覚えがある。道場関係者たちは申し合わせたかのように同じ顔で同じ言葉を口にした。

『師範代たちと同じことを言うな』

『日光の宗主も次期殿も師範代たちも全員、俺と同じことを言うと思う。だから、お前はすごいぜっ』

寿明は父や兄の後を進んだだけであり、どんなに頑張っても絶賛されたりはしなかった。経済産業省勤めの父や兄、代議士の祖父や親戚《しんせき》たちは陽《ひ》の当たる道を悠々と進み、寿明は一族で初めてのドロップアウト組になり、肩身が狭かった。それで腐ったりはしないが、やはり、直人に認められると嬉《うれ》しかった。

何より、美術館の仕事にやり甲斐《がい》を見いだし、日々が楽しかったのだ。それ故、祖父の縁を頼りフランスのボドリヤール伯爵家に交渉し、門外不出の美術品を借りて展示することができた。寿明が企画した『ボドリヤール・コレクション』は明智松美術館の最高入館者数を叩《たた》きだすほど評判がよかった。

『館長、素晴らしいです。辛口の批評家も褒めています』

大成功のうちにボドリヤール・コレクションの幕を下ろせると信じていた。油断していたのだろう。

コレクションの大目玉であったルーベンスの『花畑の聖母』が贋作《がんさく》とすり替えられた。それも信頼していた警備員によって。

あの時、死んでしまいたかったが、死ぬことができなかった。どんな手を使っても、ルーベンスの名画を取り戻さなければならなかったから。

美術品を狙《ねら》う窃盗チームが暗躍していることは聞いていた。警察も手が出せない闇《やみ》オークションが開催されていることも耳にした。

けれど、九龍《クーロン》の大盗賊という異名を取る闇組織に、ルーベンスの大作を盗まれるとは予想だにしなかった。

どうして、こんなことになったのか。

諸悪の原因は宋《そう》一族、と寿明は香港《ホンコン》の九龍から日本に流れてきた闇組織に怒りの矛先を向けた。

その瞬間、宋一族の若き獅子《しし》が現れる。

『キスで俺に永遠の忠誠を誓え』

ボドリヤール伯爵家の家宝を返却する見返りは、寿明の魂と身体《からだ》だった。拒絶したくても拒絶できなかった。あられもない痴態を動画に撮られた。獅童《しどう》の言いなりになるしかなかったが、寿明は自ら人生の幕引きを決めた。祖父の力を借り、鬼怒川《きぬがわ》の緒形《おがた》家別荘に逃げてきたというのに。

結局、逃げられなかった。

『兎《うさぎ》の分際で何度も言わせるな。怪盗はお前だ』

あの日、あの時、獅童に怪盗と呼ばれてしまったが、寿明は釈然としない。追い上げられる快感に理性を飛ばしかけたが、全精力を傾けて反論したのだ。

『……僕は何も盗んでいない……やっ……』

『俺の心を返せ』

兎童《うどう》、と命名された時点で運命は決まってしまったのだろうか。所詮《しょせん》、兎は獅子に捕食される。

『……ええ？　……もっ……これ以上はやめてくれーっ』

『兎、拒んでも無駄だ』

『……やっ……い、いーっ？』

一度ならず二度も三度も身体を奪われた。魂も蹂躙《じゅうりん》された。男としてのプライドは跡形もなく砕け散った。

それでも、宋一族に加担したりはしない。

けれど、宋一族に囲まれている。

獅童の面影も焼きついて離れない。

どうすればいいのだろう、と寿明は目の前に迫る獅童を追い払おうとした。左右の手を闇雲に振り回す。

だが、類《たぐ》い稀《まれ》な美青年にはなんの役にも立たない。

獅童の唇が近づいてきた。

キスだ。

またキスされる、と寿明は首を振った。

「館長、朝だぜ。仕事だ」

ペチペチペチペチペチッ、と頰《ほお》を優しく叩かれ、寿明は目を覚ました。顔を覗《のぞ》き込んでいる相手は宋一族の若き獅子ではなく、高徳護国流の次期宗主だ。

「……次期殿？　次期殿ですか？」

次期殿の本物か。

獅童が変装した次期殿じゃないのか、と寿明は神経を集中させて高徳護国流の将来を担う猛者《もさ》を凝視した。何せ、宋一族の首領は対象人物を完全にコピーする。

「俺が裕子《ゆうこ》さんに見えたら恋だ」

先日、晴信《はるのぶ》の勧めにより、桑田《くわた》は裕子との縁談をこっそり持ち込んだ。もちろん、寿明はその場で辞退したものだ。お互いにそういった感情はいっさい抱いていない。

「次期殿が宗主に見えます。宗主夫人にも奥様にも見えます。どうしてこんなところにいるのですか？」

寿明は上体を起こしながら周りを確認した。樫《かし》の木の天井やレトロな照明、雪見障子や鶴《つる》と蓮《はす》の花が描かれた襖《ふすま》にも見覚えがある。昨夜、布団を敷いて寝た十畳の寝室だ。記憶通り、枕元《まくらもと》には古い目覚まし時計と日光一円のマップがある。

「迎えに来た」

晴信は爽《さわ》やかに笑ったが、寿明は白々しくてたまらない。

「奥方様から逃げてきたのですか？」

「だから、俺は独身だ」

「往生際の悪い。優しい奥様がお気の毒です。さっさと戻ってあげてください」

非の打ち所のない新妻から逃げ続けている男は紛れもなく本物の晴信自身だと、寿明は変なところで確信を持った。同時に自分の立場を受け入れない後継者に、言いようのない怒りが込み上げてくる。警備システムを作動させずにどうやって侵入したのか、問《と》い質《ただ》すのは後だ。

「腹が減ったから朝メシにしよう」

「僕に料理ができると思っているのですか？」

官僚時代も東京の館長時代も、キッチンで食事を作ることはなかった。

「字も絵も上手いから料理もできるだろう」

「次期殿、空腹でしたらご自宅にお戻りください。奥様が美味《おい》しい朝食を用意しているはずです」

高徳護国流が次期宗主夫人として迎えた女性は、今では絶滅危惧《きぐ》種に指定される大和《やまと》撫子《なでしこ》の鑑《かがみ》だと評判だ。文句をいっさい言わず、いじらしく晴信を待っているという。

「じゃ、さっさと準備をしろ。どこかでモーニングでも食おうぜ」

「ここで今の時間、モーニングをしている喫茶店がありますか？」

寿明はあえて布団の上で寝間着代わりの浴衣の着崩れを直した。立ち上がったら、荷物のように抱えられて車に放り込まれそうな予感がする。

「鬼怒川を馬鹿にするな。モーニングのひとつやふたつぐらい食えるさ」

「……ああ、奥様とご一緒に旅館かホテルの朝食を食べに行かれたらどうですか？」

「俺は館長と一緒に朝メシが食いたい」

晴信に意味深に微笑《ほほえ》まれ、寿明は綺麗《きれい》な目を吊《つ》り上げた。

「繰り返します。奥様が可哀相《かわいそう》です」

「俺が結婚できない理由を知らないのか？」

「不能だと言い張っているそうですが、本当の不能でしたら公にできないと思います」

晴信は長老たちに堂々と宣言したらしいが、誰ひとりとして信じてはいない。次男坊の子供を養子に迎えるとまで公言したから魂胆は見え見えだ。

「マジに不能なんだ。俺に結婚は無理だ」

晴信は恥ずかしそうに俯《うつむ》いたが、哀愁はまったく感じない。どこからどう見ても三文芝居の大根役者だ。

「次期殿、逃げ続けても悪化するだけです。次期宗主は次期殿ですから」

「義信《よしのぶ》がいる」

晴信は今でも鬼神と称えられた最強の異母弟を溺愛《できあい》している。寿明にとっても高徳護国流の最盛期を築いた剣士は誇りだった。無敗の神話は剣道界の隅から隅まで響き渡ったものだ。

「次期宗主は晴信殿です。晴信殿が宗主の座に就かなければ、日光が血の海になります」

かつて長男と次男坊の存在により、高徳護国流は真っ二つに割れそうになった。……

否、割れたと言っても過言ではない。兄弟の仲がよくても、周りが対立したのだ。

「可愛《かわい》い顔して言うことがすごいな」

「僕もいろいろとありましたから」

本来、僕はここで生きていない。

次期殿が僕の死相に気づかなければ逝《い》っていた。

僕の死相に気づかないでほしかった、と寿明は心の中で尊敬する剣士に訴えた。今現在、生きているだけで危険だ。

「俺、これから館長の運転手になる」

「結構です」

寿明が険しい顔つきで拒んでも、晴信は怯《ひる》んだりはしない。したり顔で剣士特有の手を伸ばしてきた。

「秀才、遠慮するな」

「遠慮ではなく、迷惑です」

「俺と噂《うわさ》になったらいやなのか？」

晴信が肩に手を置き、意味深な口調で囁《ささや》く。

ビクッ、反射的に寿明の身体が竦《すく》んだ。勇猛果敢な剣士が闇組織のトップに重なり、いやが上にも恐怖で喉《のど》が嗄《か》れた。

晴信は獅童ではない。

次期宗主は、幾度となく身体を支配した残酷な男ではないとわかっている。寿明は身体に染み込んだ恐怖を理性で押し殺した。

「なんの噂ですか？」

「俺は花みたいな寿明さんとなら噂になりたい」

「冗談が下手です」

「本気だ。キスしていいぞ」

晴信は涼やかな目を細めたが、男としての下心は微塵《みじん》も感じない。やはり、獅童とは違った。

「次期殿、冗談はそこまでにしましょう」

寿明が肩に置かれた晴信の手を摑《つか》んで引かせようとした時、突然、ヤクザが殴り込んできた。……いや、暴力団が乗り込んできたと思うような声が響き渡った。

「たのもぅ〜っ」

ヤクザ、と寿明が身体を強張《こわば》らせた瞬間、晴信は真っ青な顔で立ち上がった。

「やべっ」

晴信は挨拶《あいさつ》もせず、目にも留まらぬ速さで縁側《えんがわ》から出ていく。庭を横切り、玄関ではなく高い塀を乗り越えて出ていった。高徳護国流の次期宗主というより空き巣か間男だ。

「寿明殿、朝早くからあいすまぬ。失礼する」

ドカッ、ガタガタガタガタッ、という耳障りな音が玄関から聞こえるや否や、警報ベルが鳴り響いた。

「……え？　あの声は鬼姫……じゃなくて宗主夫人？　……それで次期殿が逃げた？」

寿明は慌てて警報ベルを止め、警備会社に連絡を入れる。ドスドスドスドスッ、という足音とともに長刀を持つ鬼が近づいてきた。

……鬼ではなく、長刀を構えた高徳護国流宗主夫人が顔を出した。かつて『鬼姫』と呼ばれた高徳護国流随一の女剣士だ。地模様が大きな深緑色の着物を意外なくらい自然体で着こなしている。

「寿明殿、不作法を許してほしい。次期殿を引き渡してもらう」

宗主夫人の来訪の理由は確かめなくてもわかる。寿明は布団から出ると、畳に手をついて挨拶をした。

「奥様、ご無沙汰《ぶさた》しております。次期殿はどこかに行かれました」

「隠し立ては無用ぞ」

ギラリ、と長刀の切っ先が寿明に向けられる。直《じか》に会うのは久しぶりだが、いつにも増して迫力が凄《すさ》まじい。結い上げた髪の毛に挿された簪《かんざし》で目を突き刺されそうだ。

「隠していません。次期殿は奥様の声を聞いた瞬間、逃げられました」

「そなた、次期殿の側室であると聞いた」

側室、と言った鬼姫から凄絶《せいぜつ》な矢が放たれた。……ような気がしないでもない。面識がない素人ならば気絶していただろう。

さすが、義信殿のご生母殿だ、と寿明は次男坊の無敗神話の理由を改めて噛《か》み締《し》める。鬼姫と宗主の息子が弱いはずがない。

「いったい誰からそのような大嘘《おおうそ》をお聞きになられました？」

寿明が冷静に尋ねると、宗主夫人は憎々しげに答えた。

「側室の寿明殿と所帯を構える、と次期殿ご本人が申された」

「次期殿の真っ赤な嘘です。お優しい若奥様から逃げ回る理由に僕を使ったのです」

「宗主も側近たちもそのように口を揃《そろ》えた。まったくもう情けない。いつまで器量よしの嫁御に恥を掻《か》かせる気か？」

ドンッ、と宗主夫人は忌々《いまいま》しそうに長刀で畳を突く。文句のつけようがない嫁を不憫《ふびん》に思っているのだろう。

「僕に聞かれても困ります」

「次、次期殿に会ったら首に縄をつけ、本家に連れてまいれ」

晴信は爽やかそうに見えて一筋縄ではいかない。さすがの女丈夫も手を焼いているのだろう。

「僕には無理です」

「鬼怒川の新しい館長の噂はこちらにも届いておる。近来稀に見る逸材、と誰もが口々に称えておった。そなたならばよい知恵があるであろう」

察するに、稀代《きたい》の女丈夫にも認められているのだろうか。寿明は面映《おもはゆ》いが、思ったままのことを口にした。

「次期殿の心を占めているのは出奔した義信殿です。義信殿の問題が片づけば、次期殿は覚悟を決めて宗主の座に就くと思います」

長男は自慢の跡取り息子だったが、鬼神の名をほしいままにした次男坊があまりにもできすぎた。兄弟の母親が違ったから、門人たちの争いに拍車がかかったのだ。長男が次男坊を溺愛し、次期宗主の座を譲ろうとしたからさらに事態はこじれた。

「義信の問題など、とうの昔に片づいておるわ。……ああ、歯痒《はがゆ》い。このままでは次期殿のご生母殿に顔が合わせられぬっ」

晴信の実母は資産家の令嬢で、もともと身体がそんなに強くなかったという。佳人薄命という言葉通り、晴信の出産に命を使い果たし、若くして逝ってしまった。もっとも、彼岸の彼方《かなた》に渡る前に鬼姫を見込み、産んだばかりの赤ん坊を託したのだ。『私《わたし》の息子の母親になって』と。

若き日の鬼姫は前宗主夫人の頼みを聞き入れ、剣を捨てて、第二十二代・高徳護国流宗家の後妻に入った。

『晴信が一人っ子だと可哀相だから、弟を産んでください。晴信が困った時に助けられるような頼もしい弟がいいわ』

前宗主夫人は鬼姫に次男坊の注文をした。そうして、生まれ育った義信が負け知らずの鬼神だ。

寿明のみならず日光の者ならば誰でも知っている前妻と後妻の話である。鬼姫がふたり分の愛で晴信を育てたのは疑いようがない。

「次期殿の性格ならば宗主夫人や長老が説教しても無駄です。若奥様が縋《すが》りついて泣いたほうがいいと思います」

寿明が神妙な面持ちで進言すると、宗主夫人は長刀を構え直した。

「……ほう、泣き落としかぇ?」

「泣き落としは若奥様ご本人に頑張ってもらわないと効果がありません。次期殿が何を言っても本気にしないでください」

「……ふむ、秀才殿、貴重な意見をいただいた。嫁御に相談してみる」

邪魔をした、と稀代の女丈夫は長刀を手に去っていった。大嵐《おおあらし》が通り過ぎたような気がしないでもない。

「……出勤前にどっと疲れた」

寿明はへなへなと畳にへたり込んだが、壁にかけられている古い時計で時間を確かめて立ち上がった。もはや朝食どころの話ではない。

「……あ、時間……」

手早く身なりを整え、勤務先に向かったのは言うまでもない。


雄大な自然に囲まれたゆけむり美術館に飛び込めば、受付で晴信が地元の新聞に目を通していた。

「次期殿、どうしてこんなところにいるんですか？」

寿明が驚愕《きょうがく》で詰め寄ると、晴信は憎たらしいぐらい爽やかに答えた。

「嫁さんの顔を見に来た」

「まさか、僕のことじゃありませんね？」

「よくわかっているな」

「若奥様が可哀相だと思わないのですか？」

「詐欺師でも自分の心は騙《だま》せない。俺は館長と再会して館長への恋に気づいた」

晴信は恋に落ちた少年を演じたらしいが、B級ドラマの三流役者にしか見えなかった。

傲岸不遜《ごうがんふそん》な態度しか取らない獅童とはまるで違う。初めての恋だと揶揄《やゆ》されていたが、未《いま》だに信じられない。もっとも、あの不器用さは心に残る。不器用すぎるから、心に残るのだろうか。

どうして、僕はここで獅童を思いだすんだ。

あの獅童が僕に恋なんて信じられない。

信じるな。

信じてはいけない、と寿明の顔はこれ以上ないというくらい引《ひ》き攣《つ》った。必死になって獅童を脳裏から追いだす。さしあたって、対処しなければならないのは目の前の晴信だ。

「僕が宗主夫人からどのような指示を受けたか、ご存じですか?」

寿明は威嚇するように受付のカウンターを指で叩く。癖のある剣士の弱点は言わずもがな日光随一の女丈夫だ。

「俺をブチ殺してでもいいから連れてこい、ってオフクロは叫んでいたか?」

寿明にはいろいろと言いたいことがありすぎるが、持てる理性を振り絞って堪えた。言葉ではなんの解決も見られないとわかっている。

「そんなに義信殿のことが心配なら会ってきたらどうですか?」

「義信がどこにいるのか知っているのか?」

確かめるまでもなく、晴信は家出した異母弟の居場所を知っている。不夜城の支配者の右腕として辣腕《らつわん》を振るっていることも摑んでいるだろう。

「東京の高徳護国流関係者から、それとなしに噂は入ってきました。何があったのか知りませんが、今の次期殿の状態を知れば義信殿は怒ると思います」

宋一族と同じように、義信が所属している指定暴力団・眞鍋《まなべ》組は得体が知れない。晴信に扮《ふん》した眞鍋組の諜報《ちょうほう》部隊を率いるというサメの不気味さは今でも鮮明だ。

「あいつに会いに行きたいけれど、あいつを殺人者にしたくないから会えない。この苦しい心の内をわかってくれるか？」

どこか緩《ゆる》さのある長男と違って、次男坊は苦行僧のような生真面目《きまじめ》さがあった。なんとなく、寿明は兄弟が再会した場が想像できる。

「義信殿が殺人者になる前に、僕が殺人者になるかもしれません。僕を殺人者にしたくなければ、若奥様の元にお戻りください」

「おい、キツすぎるぜ」

晴信が肩を竦めた時、裕子の大声が響き渡った。

「館長、何をしているんですか？　お客様です～っ。館長室に通しました。お茶はご自分でお願いしますーっ」

緒形家別荘に押しかけた宗主夫人の声を聞いた後だと、裕子の声が小鳥のさえずりのように感じる。

「僕がお茶を淹《い》れるのか」

寿明は苦笑を漏らしながら、給湯室でティーバッグのお茶を淹れた。濃くなってしまったが仕方がない。盆に載せて、そのまま館長室に入る。

「お待たせしました。館長の緒形寿明です」

寿明は挨拶をしてから、テーブルにふたり分のお茶を置いた。茶菓子は鬼怒川銘菓の温泉饅頭《まんじゅう》だ。

「館長、アポイントメントも取らずに申し訳ありません」

品のいい紳士はソファから立ち上がり、深々と腰を折った。差しだされた上質の名刺には、『黒木《くろき》画廊』という東京銀座の画廊名が記されている。オーナー名は黒木知久《ともひさ》だ。

「銀座の画商さんですか」

住所から察するに、銀座の中心地だ。寿明が感心したように言うと、黒木は再び頭を下げた。

「曾祖父《そうそふ》が開いた画廊を父から受け継いだばかりの若輩者です。子供の頃から絵は好きでしたが、まだまだ勉強不足でお恥ずかしい限りです」

「勉強不足を恥じなければならないのは僕です」

「滅相もない。館長は贋作とすり替えられたルーベンスの『花畑の聖母』と『アクロポリスの三美神』を取り返した凄腕《すごうで》だとお聞きしました。どうかお力をお貸しください」

黒木に縋るような目で見つめられ、寿明は困惑してしまう。何かあるとは思っていたが、これだったのか、と。

「誤解されています」

「誤解ではありません。六本木の滝沢《たきざわ》館長から鬼怒川の凄腕の交渉人の話を聞きました」

東京六本木の滝沢館長と言えば記憶に新しい。ルーベンスの名画が贋作にすり替えられているとわかり、眞鍋組の情報を頼りに寿明の前に現れたのだ。予想だにしていなかったことの連続に、寿明は翻弄《ほんろう》され続けている。

今も想定外の自分の呼称に驚かされた。

「僕が凄腕の交渉人？」

「滝沢館長はすべて緒形館長のおかげだと感謝していました」

「誤解です」

寿明が真っ青な顔で否定しても、黒木は聞く耳を持とうとはしない。息急《いきせ》き切ったように経緯を語りだした。

「英国のカーライル伯爵が内々に私どもにルーベンスの大作の売却を持ちかけました。若き日のルーベンス自身で仕上げた作品であり、弟子の手はいっさい入っていません。願ってもみない話です」

英国のカーライル伯爵は知らないが、ルーベンスの大作の価値はよく知っている。所蔵先がヨーロッパに集中していることも。

「何故《なぜ》、カーライル伯爵は国内で売却しようとしなかったのですか？」

　ヨーロッパでは列強のハプスブルグ家やブルボン家など、競うように権力の象徴として巨匠が魂を吹き込んだ美術品を収集した。ダ・ヴィンチやミケランジェロ、ラファエロに並んでルーベンスも権力や富の証《あかし》だ。今でもルーベンスの大作はヨーロッパ内での取引が多い。ロンドンのオークションでアジア人が競り落とした時、ヨーロッパ内の新たな買い手を募るケースもあった。つまり、ヨーロッパからの流出を阻もうとしたのだ。

「もっともな疑問です。私も不審に思って真っ先に尋ねました。カーライル伯爵夫妻の離婚話が水面下で進んでいるそうです。伯爵は夫人に対する慰謝料が作れず、家宝であったルーベンスの大作を手放す決心をしたそうです」

　黒木がスマートな仕草で取りだしたｉＰａｄには、カーライル伯爵から預かったルーベンスの『愛の園に下りたヴィーナスとマルス』というタイトルがついた大作のデータが表示されている。ドラマチックな構図といい、一流の画家でも真似《まね》できない肌の色使いといい、美の女神のふくよかな肢体といい、濃淡の大胆さといい、いかにもといった画家の王らしい名画だ。

「……ああ、英国国内で売却したらカーライル伯爵家の財政難だと噂されるから避けたのですか？」

七つの海を制した大英帝国は斜陽を迎え、苦しい立場に追い込まれている貴族も少なくはない。相続税が払えず、栄華を誇った貴族の子弟が簡素な部屋で暮らしているという話もよく耳にした。

「さようです。伯爵の希望は内々に売却してほしいとのことでした。ルーベンスの大作ならば、金に糸目をつけず集めている資産家を知っています。私は極秘に交渉し、商談をまとめました」

不況に喘《あえ》ぐ極東の島国であっても、富める者がいないわけではない。フランドルの巨匠の大作ならばいくらでも金を積むはずだ。館長を務めていた明智松美術館で『花畑の聖母』が贋作とすり替えられた時、調査会社にいろいろな方面から調べさせたから、寿明もルーベンス愛好家には何人か心当たりがある。

「もしかして、ルーベンスの大作が贋作とすり替えられていたのですか？」

「その通りです。心当たりがありますか？」

「なんの異常もなかったのですね？」

寿明の脳裏には即座に宋一族のトップが浮かび上がった。楊貴妃《ようきひ》のような後見人や忠実な部下も過《よぎ》る。

「はい。カーライル伯爵が観光のふりをして、ルーベンスの名画とともに来日され、私も専門家も確認しました。交渉がまとまり、買い手の資産家に引き渡す直前、妙な違和感に引っかかったのです。私は父の跡を継ぐ前に鑑定の仕事をしていました」

「それで鑑定したら、贋作だったのですね？」

「さようでございます。まったくもって狐《きつね》につままれたような気分でした。なんの異常もなかったのです」

宋一族の手口だ、と寿明は確信を持った。

「スタッフや警備員を入念に調べ直してください」

九龍の大盗賊はどんな美術館や博物館であれ、最低でもふたりはメンバーを潜ませているという。日々、警備員や事務員として真面目に勤務し、周りの信頼を得て、誰にも気づかれないようにターゲットを贋作とすり替えるらしい。前の職場には若い警備員がふたり、ベテランの警備員がひとり、宋一族のメンバーだった。どんな強固なセキュリティを敷いても、内部の者による犯行には対処できない。

「うちの画廊のスタッフや警備員は全員、親戚です。私の姉や従兄弟《いとこ》たちが贋作にすり替えたとは思えません」

「大金に目がくらんだのではなく、脅迫されたのかもしれません」

僕のように身体を蹂躙されて動画に撮られたら、と寿明は自身の痴態が収められた動画を思いだし、屈辱感と恥辱にまみれた。

しかし、拗《す》ねたような獅童の顔を思いだせば屈辱感が薄れ、心臓の鼓動が速くなる。寿明は痛む胸を押さえた。

「やはり、館長は犯人に心当たりがあるのですね？」

黒木は腰を浮かせたが、寿明は落ち着くように目で制した。

「六本木の滝沢館長とお知り合いなのですか？」

「はい、旧知の六本木の滝沢館長から緒形館長について教えていただきました」

「僕自身にはなんの力もありません。滝沢館長から新宿の指定暴力団・眞鍋組については聞きませんでしたか？」

寿明がボドリヤール伯爵家の家宝を血眼《ちまなこ》になって探した時、警視総監候補と目されている正道《まさみち》から不夜城の覇者を教えてもらった。六本木の美術館の滝沢も眞鍋組を頼り、鬼怒川までやってきたのだ。

結果、眞鍋組の諜報部隊と獅童が激突した。正確に言えば、交渉した。ほかでもない、寿明が寝ていた和室で。

「眞鍋組に関してもお聞きしました。私も仁義を切る眞鍋組の評判は知っていましたから、新宿の眞鍋組総本部を訪ねました」

眞鍋組ならば正当な理由と金を用意すれば、国家権力ができないことでも完遂してくれるという。

「組長と幹部のリキこと松本力也《まつもとりきや》に交渉すれば動いてくれるでしょう」

眞鍋組の組長は二代目であり、二代目姐《あね》が男だと意図せず聞いた。あの義信が仕えているのだから、極道夫婦でもそれ相応の人格者たちだと信じている。

「……それが組長にも幹部の松本力也にも会えませんでした。代わりに三國祐《みくにたすく》というタレントのような幹部に会えました。鬼怒川の緒形館長を勧められたのです」

「眞鍋組の三國祐？」

寿明は初めて聞く幹部の名前に瞬きを繰り返した。

「眞鍋第三ビルで会いましたが、走り回っている構成員や引きつけを起こしている構成員が目につきました。『姐さんが狸《たぬき》』だの『駆け落ち』だの『新婚旅行』だの『狸婆《ばばあ》』だの、何がなんだかわけがわかりません」

暴力団の抗争でしょうか、と黒木はどこか遠い目でその時のことを明かした。眞鍋第三ビルの付近のみならず眞鍋組総本部の周りも騒然としていたらしい。屈強な極道たちが口にしていたのは『狸』だったそうだ。

「……狸？　ここでも狸は出ますが……」

どんなに妄想力を逞《たくま》しく働かせても、極道と狸がマッチしない。

「ご存じかと思いますが、新宿に狸は出没しません」

「諜報部隊のサメという男はいませんでしたか？」

諜報部隊を率いるサメという男を、宋一族が警戒していることはわかった。それだけ優秀なのだろう。

寿明自身、サメに対しては複雑な思いがある。

「……サメ……ああ、構成員たちが土色の顔で『サメが蕎麦《そば》』だの『サメがパスタ』だの『サメの最終兵器』だの『核弾頭爆発でサメ爆発』だの……眞鍋組が大型船を所有していることは知っていますが、サメを飼育しているのでしょうか?」

黒木が苦渋に満ちた顔で語る眞鍋組の話に、寿明の思考回路は止まりかけた。無理やり想像しても無駄だ。

「……何かあったのでしょう」

「唯一、落ち着いていた三國祐という幹部から、この世でただひとり、緒形館長がルーベンスの『愛の園に下りたヴィーナスとマルス』を取り戻せる人物だとお聞きしました。金はいくらかかっても構いません。お願いします」

黒木の切羽詰まった形相から、心情が手に取るようにわかる。矜持《きょうじ》の高い画商は死ぬ覚悟だ。

「……死ぬ気ですね」

「画商のプライドにかけ、お預かりした美術品を取り戻さなければなりません」

「所有者のカーライル伯爵はどのように?」

寿明が感情を込めずに聞くと、黒木は沈痛な面持ちで答えた。

「当然ですが、ご立腹です」

「お腹立ちはわかりますが、もともと、家格を表す名画を売るつもりでした。黒木さんが取り戻す必要はありません」

自分のケースや六本木の滝沢館長のケースとは違う。寿明は切々とした調子で事実を述べた。

要は金だ。

「……はい。私が今にも切腹しそうだと、カーライル伯爵は案じてくださいました。ルーベンスが売れたと仮定した金額を支払えば、それでいいと……仰《おつしや》ってくださいましたが……」

「保険に入っていたのでしょう？」

「保険と私の貯金でカーライル伯爵は許してくれるそうです……」

黒木は一呼吸おいてから、苦渋に満ちた顔で言った。

「……が、私は自分で自分が許せません。私どもの画廊を信じ、家宝を預からせてくださったカーライル伯爵にも、楽しみにしてくださった顧客にも合わせる顔がない……曾祖父の代より続いた画廊の看板に泥を塗ったままではいられない」

黒木の高い自尊心に感服するしかないが、寿明は肯定も否定もしなかった。時に高い自尊心は破滅を招く。高い矜持を持っていた官僚に限って、奈落《ならく》の底に突き落とされてしまった。

「顧客から代金は受け取っていたのですか？」

「小切手を受け取る前でした」

「被害は保険会社……」

寿明の言葉を遮るように、黒木は哀愁を漂わせながら言った。

「緒形館長、お願いします。力をお貸しください」

「老舗《しにせ》画廊のプライドですか」

「このままでは画廊の看板を下ろさなければなりません。姉や姪《めい》は体調を崩し、寝込んでしまいました」

宋一族の美青年に姉や姪が籠絡《ろうらく》されたのかもしれない、と寿明は漠然と今回の裏を推測した。ダイアナという楊貴妃《ようきひ》のような大幹部が若い警備員を虜《とりこ》にし、宋一族の駒《こま》にしたことは聞いている。

「どのような結果になっても後悔しませんか？」

どこかに盗聴器か何か、仕掛けられているのかもしれない。宋一族のことだから黒木とのやりとりを摑んでいるという確信が寿明にはある。

「ルーベンスの名画は後世に伝えなければならない全人類の資産です。戻ってきたならば、どんな結果であれ、後悔しません」

「その覚悟を忘れないでください」

獅童はどう出るか、と寿明は蕎麦屋の健作《けんさく》に扮した宋一族の首領を眼底に再現した。無意識のうちにキスを思いだし、胸が痛くなる。不整脈という病名が脳裏を過ったが、忙しすぎて病院に行けない。

胸を押さえ、黒木を見つめ直す。

「緒形館長、犯人に交渉してくださるのですね？」

「心当たりがあります。黒木さんはこのまま東京に戻ってください」

黒木は今回の一件に関するデータと、金額が書き込まれていない小切手を置いて去っていった。初対面の寿明を信用していることは間違いない。

「僕は交渉人じゃないんだけどな……」

今すぐにでも黒木や滝沢の誤解を解きたいが、そんな余裕はない。何せ、予定通り、観光バスが立ち寄り、観光客の団体が大波のように押し寄せてきた。開戦だ。

時間帯は重ならないように調整したが、観光客の団体が三組も立ち寄り、戦場と化した美術館が鎮まった時はちょうど閉館時間だった。

「館長、伯父ちゃん、私は観《み》なきゃならないテレビがあるので帰ります。館長はちゃんと夕食を摂《と》ってくださいね〜っ」

裕子はいい笑顔で正面玄関の鍵《かぎ》を閉め、スタッフ専用の出入り口から帰ってしまう。風のような素早さだ。

寿明は桑田と顔を見合わせ、どちらからともなく苦笑を漏らした。

「桑田さん、次期殿はどうされました？」

最後に晴信を見た時、常連犬と格闘していた。いつしか、雄々しい剣士の姿が忽然《こつぜん》と消えている。

「裕子が本家からの電話を受けた瞬間、猿飛佐助《さるとびさすけ》みたいに捕獲した犬と一緒に消えた」

服部半蔵《はっとりはんぞう》が仕えた徳川家康《とくがわいえやす》が眠る日光で猿飛佐助に喩《たと》えるとは、桑田の複雑な心中がありありと伝わってくる。

「次に次期殿を見たら、本家に連絡を入れましょう」

どんなに楽観的に考えても、寿明は晴信の首に首輪をつけられない。宗主夫人に連絡を入れるしかないだろう。

「館長、逆効果だよ。まだここは日光市内ですから」

「……やはり、次期殿がここの逃げ場所を失ったら、富士山《ふじさん》にでも登ってしまいますか？」

「高野山《こうやさん》で出家してしまうかもしれん」

次期宗主の出家騒動は寿明の耳にも届いた。その場にいた父や兄の呆然《ぼうぜん》とした顔つきは今でも覚えている。

「やっかいですね」

高徳護国流一門の最大の悩みは、寿明の頭痛の種でもあった。心に棘《とげ》を刺したままの次期宗主が心配でならない。

「そんなことより、館長、晩メシはどうしますか？　隣から出前を取って食べていきますか？」

スッ、と桑田は出前メニューのチラシを差しだす。

「桑田さんはどうされますか？」

「次期様から紹介された整骨院に行ってから晩メシを食べます。わしや裕子の目が光っていないと、メシを食ってくれそうにないから心配ですな」

桑田に心配そうに咎《とが》められ、寿明は苦笑を漏らした。

「今日はお隣に寄って食べていきます。心配しないでください」

寿明は笑顔で桑田を送りだしてから、館内の点検をした。そうして、スタッフ専用出入り口から出て、隣の風流な蕎麦屋の暖簾《のれん》を潜った。

「……あら、いらっしゃい」

レトロな蕎麦屋の愛想のいい店主夫人が迎えてくれる。深い皺《しわ》が刻まれた顔や首、手が年齢とそれまでの仕事ぶりを如実に物語っていた。違和感はまったくないが、宋一族の関係者であることは間違いない。

「女将《おかみ》さん、健作さんは？」

寿明は注意深くゆっくりと店内に進んだ。何せ、いつ、天井から宋一族関係者が下りてくるかわからない。

「出前に出ているのよ。すぐに戻ってくると思うわ。何にする？」

「巻き寿司《まずし》とおいなりさんをテイクアウトで」

寿明はレジ前のカウンターに並べられている巻き寿司やいなり寿司を指した。健作こと獅童が不在ならば、一刻も早く退散したほうがいい。財布を取りだそうとすると、店主夫人の表情が一変した。

「タピオカ坊や、夕飯を食べに来たんじゃないのか？」

聞き覚えのあるハスキーボイスと呼び方で、寿明の脳裏に獅童の後見人だという叔父が浮かんだ。楊貴妃さながらの美女が男だと知り、驚いたものだ。

「……まさか、ダイアナ？」

以前、ダイアナは初老の警察官に化けていた。彼も獅童と同じように神出鬼没の変装の名人だ。

「誰のせいでこんな田舎にいると思っている？」

ダイアナは変装を解こうとはせず、三角巾《さんかくきん》の割烹着《かっぽうぎ》姿のまま肩を竦めた。華やかな牡丹《ぼたん》の如《ごと》き艶姿《あですがた》の面影が微塵もないから滑稽《こっけい》だ。

しかし、寿明はまったく笑えない。

「僕も困っている」

「獅童の妾《めかけ》になるか、獅童の部下になるか、ふたつにひとつだ」

ダイアナに高らかな声で二者択一を迫られ、寿明は目を吊り上げて答えた。

「その二択は選べない。始末しろ」

さっさと殺せ。

できるなら一気に殺せ、と寿明は必死になって訴える。ダイアナにとっても目障りな存在のはずだ。

「獅童に剝製《はくせい》を抱く趣味はない」

殺したら抱けないから殺さないだろう、とダイアナは言外に匂《にお》わせている。蕎麦屋の女将の顔で艶然《えんぜん》と微笑まれると、なんとも不気味な迫力があった。

「……本題に入る。銀座の黒木画廊と僕の会話の内容を知っているな？」

寿明は溜《た》め息《いき》をついてから、強引に話題を変えた。

「交渉なら獅童としろ。あれでも頭だ」

ダイアナが腕を組んだ時、寿明が幾度となく駅前で見かけた地元の青年がふたり、鼻歌を歌いながら入ってきた。

「おや、いらっしゃい」

ダイアナが巷《ちまた》の中年女性のように手を振ると、背の高い青年が帽子を取りながら窓際のテーブルについた。

「女将、ラーメンとチキン南蛮と海老韮《えびにら》饅頭……っと、獅童の側室？」

背の高い青年は蕎麦屋にないメニューをオーダーしかけたが、寿明の顔を確認した瞬間、顔色を変えた。

「……あ、獅童の妾だな？　……おい、妾、さっさと東京に戻ってくれ。この片田舎じゃ、不便なんだ。獅童に銀座でも赤坂でも表参道でも田園調布でも、好きなところに家を買ってもらえ」

メガネをかけた青年に真顔で詰め寄られ、寿明は無言で視線を逸《そ》らした。ダイアナの楽しそうな笑い声が響く。

「驚いたかい？　こいつらは宋一族の男たちだ。豹童《ひょうどう》に狐童《こどう》の名は覚えておいたほうがいいよ」

背の高い青年の名前が『豹童』でメガネをかけた青年の名前が『狐童』らしい。それぞれ、寿明を獅童の愛人だと思い込んでいる。

「……僕が獅童の側室？　妾？」

寿明が否定するように首を振ると、ダイアナはおしぼりを用意しながら言った。

「だ～か～ら、誰のせいで本拠地がここになったと思う？　みんな、東京にさっさと戻りたいんだよ」

「……話を戻す。ダイアナ、獅童に黒木画廊の一件、話を通しておいてくれ」

「だからね、話はボスとしろ。有利に話を進めたいなら、布団でしたほうがいいよ」

「話にならない」

寿明は大きな溜め息をつくと、蕎麦屋を後にした。ちょうど、木々の間に夕陽《ゆうひ》が沈む瞬間だ。しかし幻想的な美しさに見惚《みと》れる余裕はない。

獅童ならどうせ忍び込んでくる、と寿明は変な確信を持ちつつ、橙色《だいだいいろ》に染まった風景の中を進んだ。

3

祖父の別荘に到着し、異常がないことを確かめた。玄関のドアに挟んでいる髪の毛も落ちてはいない。

安堵《あんど》の息をつきながら三和土《たたき》で靴を脱ぎ、木の優しい温《ぬく》もりがする廊下を進んだ。樫《かし》の木の階段や柱も素朴な温かさがあっていい。

「……え？」

居間として使っている和室の桐《きり》の卓には、紹興酒の瓶とグラスが食べかけの小籠包《ショーロンポウ》や海老《えび》韮饅頭《にらまんじゅう》とともに置かれていた。地酒や湯葉巻きもあるが、寿明《としあき》にはまったく身に覚えがない。

「……どういうことだ？」

なんの連絡もなく、父母や祖父母が来たとは思えなかった。

まさか、と思った瞬間、風呂場《ふろば》から人の気配がする。寿明は壁にかけていた木刀を握り、浴室に向かった。

単なる空き巣が風呂に入っているとは思えない。

「……まさか、狸《たぬき》や猿じゃないよな？」

風呂には祖父母の希望で鬼怒川《きぬがわ》の温泉を引いていたから、野生の動物が立ち寄り湯代わりに寄ったのだろうか。

寿明は木刀を構え直し、総檜《ひのき》の脱衣場から浴室に飛び込んだ。

「……え？」

岩造りの風呂で温泉を楽しんでいたのは、狸でもなければ猿でもない。東西の美の女神に祝福されたような宋《そう》一族の総帥だ。開け放たれた大きな窓から夕陽《ゆうひ》が射《さ》し込み、一枚の名画になっている。

「……おい、なんてものを持っているんだ」

寿明が構えている木刀を見て、獅童《しどう》は馬鹿《ばか》にしたように笑った。

「獅童、どうしてこんなところにいる？」

寿明は木刀を構えた体勢で、宋一族の若き獅子《しし》に対峙《たいじ》した。野生の狸や猿よりタチが悪いことは間違いない。

「俺に話があるんだろう。さっさと来い」

獅童は大きな岩に寄りかかりつつ、手招きをした。いつものように、人を人とも思わない横柄な態度だ。

「君が出るまで待っている」

「俺にお願いがあるんじゃないのか？」

案の定、獅童はすべて把握しているようだ。

「お願いじゃない。交渉だ」

「一緒だ。さっさと服を脱いでこい」

「……銀座の黒木《くろき》画廊がカーライル伯爵から預かっていたルーベンスの大作が贋作《がんさく》にすり替えられていた。宋一族の仕業だな？」

寿明は一定の距離を保ち、木刀を握ったまま確認するように尋ねた。硫黄の匂《にお》いが漂う中、濡《ぬ》れた岩の床で滑らないように注意する。

「聞こえない」

獅童はわざとらしいぐらい大声で言い放った。場所が場所だけにやたらと響く。

「聞こえるはずだ」

「こっちに来ないと聞いてやらねぇ」

ふいっ、と獅童が聞きわけのない子供のように顔を背ける。視線の先は日本庭園が望める大きな窓だ。

宋一族のトップは子供か、と寿明は呆《あき》れたが口には出さない。近隣の幼稚園児と接し、子供にはある程度の耐性ができた。

「黒木画廊が言い値で買い取るそうだ。本物を返却してほしい」

寿明は木刀を握り直しながら、ゆっくりと獅童に近づいた。獰猛《どうもう》な野獣に接近しているような気がする。

「晴信《はるのぶ》がお前のことを愛人だってほざきやがるから、鬼母やジジイたちがピリピリしている。ハゲ門人はお前をデバラ門人の娘と結婚させて、晴信と引《ひ》き剝《は》がそうとしているぜ」

獅童が高徳護国《たかとくごこく》流内の騒動を憎々しげに語った。門人の令嬢との縁談は初耳だが、あってもおかしくはない。

「次期殿の真っ赤な嘘《うそ》に踊らされるな」

「眞鍋《まなべ》のサメもお前を嫁さんにしようとしやがった。嫁さん体質か？」

あまりにあまりな言い草に、寿明は我を忘れて、獅童の顔を覗《のぞ》き込んだ。

「……よ、嫁さん体質？」

「晴信やサメの嫁さんより俺の嫁のほうがマシだぜ」

獅童がニヤリと不敵に微笑《ほほえ》んだ瞬間、寿明の身体《からだ》は岩風呂に引きずり込まれた。バシャッ、という音とともに。

「……あっ」

気づいた時、寿明は獅童の腕の中だ。ブランデーを垂らしたような瞳《ひとみ》がいつにもまして麗しい。

「スーツで温泉に浸《つ》からないほうがいい」

獅童は楽しそうに笑いながら、びしょ濡れの寿明を抱き締め直す。まさしく、悪戯《いたずら》に成功した悪童だ。

「……っ……誰のせいだと……」

寿明は文句を言いたくても、湯が飛び跳ねるので言えない。最後の意地で握っていた木刀は手放した。

「凄腕《すごうで》の交渉人、交渉を有利に進めたいならさっさと脱げ」

濡れたネクタイを引っ張られ、寿明は湯の中で身体を引いた。もっとも、獅童の手によって引き戻される。

「……うっ……黒木画廊から小切手を預かった。値段を言いたまえ」

獅童の言葉を完全に無視し、寿明は黒木画廊の代理として話を進める。宋一族の犯行だという確信があった。

「兎童《うどう》、なんで脱がねぇ？」

獅童も寿明の言葉にはいっさい応じない。

「その名前は拒否する」

「俺の兎、脱げ」

「断固として拒否する……で、宋一族の仕業だとわかっている。ルーベンスの絵を返却すれば罪には問わない。公にもしない」

「脱がせてほしいのか」

獅童が焦《じ》れたように寿明のびしょ濡れのネクタイを引き抜き、スーツの上着も引き剝がした。シャツのボタンを外す手も乱暴だ。

「……違う」

寿明が真っ赤な顔で否定すると、獅童は忌々《いまいま》しそうに舌打ちをする。

「あのな、いい加減にしろ」

「いい加減にするのは君のほうだ」

寿明が行為を進めようとする獅童の手を摑《つか》むと、薄い唇が近づいた。チュッ、という音を立ててキスされる。

ビクッ、と身体を震わせたのは、ほかでもない兎こと寿明だ。温泉に浸かったままのキスは今までと違う。

「脱がねぇと話を聞く気にもなれない」

美神の如《ごと》き若い男に上目遣いで見つめられ、思わず、寿明は息を吞《の》んだ。

「……っ……」

「よくもバカ殿の前でいちゃつきやがったな」

獅童は腹立たしそうに言うと、寿明のズボンのベルトを外す。

「君はそんなに中年男を脱がせたいのか」

寿明はとうとう諦《あきら》め、獅童の手に逆らわない。身体に纏《まと》わり付いていたズボンや下着、シャツが脱がされた。

「中年男と言い張るなら、中年男らしいルックスになったらどうだ？」

寿明は三十五歳になったが、童顔と華奢《きゃしゃ》な身体が禍《わざわ》いして、いつも若く見られてしまう。幼稚園児にまで、よく似ているという十代のアイドル名で呼ばれたから参った。そのうえ、アイドルのように歌えだの、踊れだの、求められて途方に暮れた。

「若い頃とは違う」

若い頃というより、今までこんなに心臓の鼓動が速くなることはなかった。前の職場での検診では異常なかったが、心臓の違和感は確かだ。医学は専門外だが、この動悸《どうき》と息切れは不整脈か心不全か、そういう類《たぐ》いの病気かもしれない。

「どこが？　震えて可愛《かわい》いな」

獅童に茶化すように囁《ささや》かれ、寿明の心がささくれだつ。自分でもわけがわからないが、眞鍋組の諜《ちょう》報《ほう》部隊長の言葉が鼓膜に蘇《よみがえ》った。サメ曰《いわ》く『そんなの、ツンデレが寿明さんに落ちたから』だ。

飄々《ひょうひょう》として摑み所のないサメの別れの挨拶《あいさつ》も思いだした。『若獅子の初恋物語が悲恋にならないことを祈るぜ』と。

今でも信じられないが、権力と美を兼ね備えた若き獅子に気に入られたらしい。寿明は掠《かす》れた声で確かめるように聞いた。

「……君はそんなに僕が好きなのか？」

意表を突かれたらしく、一瞬、獅童は固まる。

けれども、すぐに不敵な笑みを浮かべた。

「俺に永遠の忠誠を誓ったのは誰だ？」

ルーベンスの『花畑の聖母』を取り返すため、寿明は宋一族の若き総帥に忠誠を誓ったふりをした。最初から死ぬつもりだったのに。

寿明は予想だにしていなかった日々を送っている。

「歳《とし》のせいか記憶力が弱くなった」

寿明が初老の警備員を真似《まね》てうなだれると、獅童は馬鹿にしたようにふっ、と鼻で笑った。

「くだらねぇ言い訳をしやがって」

「……ほとほと困った」

無意識のうちにポツリ、と本心が零《こぼ》れた。寿明の偽りのない気持ちだ。迷路の行き止まりで振り返った途端、鋼鉄のシャッターを下ろされたような気がする。

「被害者ヅラをするな」

カプッ、と肩に甘く噛《か》みつかれ、寿明は下肢を痙攣《けいれん》させた。その拍子に、湯面が派手に揺れる。

「君、いったい僕のどこが気に入ったんだ？」

宋一族に従わなければ、あられもない動画をアップされ、始末されていたはずだ。寿明は自分の生存権が傲慢《ごうまん》な帝王に握られているとわかっている。

「永遠の忠誠を誓ったら永遠に俺のものだ」

獅童は目を合わせようともせず、寿明の首筋に顔を埋めた。組み立てられた岩から流れる湯の音がやけにしみいる。

「僕のどこが気に入ったのか、君はわからないのか？　言いたくないのか？」

サメやダイアナの言動から、意地っ張りな若者像が浮かび上がった。おそらく、獅童は不器用だ。

「兎は俺に食われていればいい」

耳朶《じだ》を甘く嚙まれ、寿明は上ずった声を上げた。

「あっ……」

「兎のくせに生意気だ」

胸の突起を煽《あお》るようにつままれ、寿明は飛びそうになる理性を懸命に押《お》し留《とど》めた。柔らかな髪の毛を引っ張れば目が合う。

「……もしかして、照れているのか？」

寿明がやっとのことで指摘すると、美の巨匠が造りだしたような獅童の目が鋭くなった。図星だったのかもしれない。

「お願いを聞いてやるから言え」

宋一族の獅子王は寿明の首筋に再び顔を埋めると、きつく吸い上げた。寿明は懸命に堪えながら話を進めた。

「……うっ……黒木画廊から盗んだルーベンスの絵を返してほしい」

「宋一族の仕事だと思っているのか？」

「宋一族の仕業だろう」

「眞鍋の魔女のいやがらせだ」

獅童は顔を上げると、仏頂面で言い放った。開け放たれた窓からきつい夜風が入り、温泉の湯面が大きく揺れる。

「眞鍋の魔女？　誰のことだ？」

ふわり、と寿明の前に夜風に運ばれてきた庭の木々の葉が浮かんだ。

「眞鍋組の幹部の三國《みくに》祐《たすく》は、現代の魔女だ。絶対に近づくな。存在に気づいた時点で逃げろ」

絶世の美青年の顔に暗い影が走り、寿明は面食らってしまう。サメに対する態度とは明らかに違った。

現代の魔女と揶揄《やゆ》された幹部は、そこまでの危険人物なのだろうか。単なる獅童の嫌悪感なのか。寿明には判断がつかないが、黒木から由々しき話を聞いている。すなわち、三國祐がゆけむり美術館の館長を口にしたというのだから。

「眞鍋組の三國祐が僕を黒木さんに紹介したらしい。どういうことだ？」

「兎が俺のものだと知っているからさ」

先日、獅童が口にした言葉を思いだした。『お前はもうすでに眞鍋やほかの組織に俺のものだとマークされた。俺から離れて生きるのは無理だぜ』と。

それ故、サメは二重の変装をして寿明のところに忍んできたのだ。

「眞鍋組に僕ではなく君か、宋一族の幹部に回すように連絡してほしい」

冗談じゃない、と寿明は切羽詰まった顔で言い切った。あの時、獅童は『人質』とも言っていたから。

「馬鹿か」

「僕に馬鹿？」

寿明は驚愕《きょうがく》で目を見開く。子供の頃から寿明についた形容は父や兄と同じように『秀才』だった。官僚時代の陰険な上司でも『馬鹿』という蔑称《べっしょう》は使わなかったものだ。

「宋一族と眞鍋は交戦中じゃないが、同盟も結んでいないぜ。先代同士は何度もやり合っているし、俺も二代目は嫌いだ」

獅童は好戦的な獅子の顔で、九龍《クーロン》の大盗賊と不夜城の支配者の関係を語った。自身、眞鍋組の二代目組長に好意は持っていないらしい。

「眞鍋組は仁義を通すけれど、宋一族は仁義を通さないから反目し合うのか」

後輩の警視総監候補にしても、六本木の美術館の館長にしても、銀座の画商にしても、眞鍋組への信頼は厚かった。寿明も獅童が君臨する闇《やみ》組織より、高徳護国本家の次男坊が幹部として在籍する眞鍋組を支持する。

「……おい、うちは極道じゃない。仁義なんて縛りはないんだ」

獅童は寿明の背中を撫《な》で回しつつ、組織の違いを語った。義理と仁義を重んじる任侠《にんきょう》と香港《ホンコン》の九龍から渡ってきた大盗賊は根本的に異なる。

「後世に伝えなければならない人類の至宝を盗む悪党だな」

寿明がきつい目で咎《とが》めると、獅童は皮肉っぽく笑った。

「オヤジが聞いたら怒り狂うぜ」

「君の父上なら悪党だろう」

「カーライル伯爵に比べたら可愛いものさ」

突如、獅童の口から悪の比較対象として英国の名門貴族の名が飛びだした。言わずもがな、ルーベンスの『愛の園に下りたヴィーナスとマルス』の所有者だ。

「どういうことだ？」

「カーライル伯爵については何も思わないのか？」

ペロリ、と獰猛な獅子王に目尻《めじり》を舐《な》められる。寿明は身体を竦《すく》めつつ、冷静に思考回路を働かせた。

「……君がそう言うなら……カーライル伯爵は宋一族関係者か？　君の親戚《しんせき》とか？」

香港が英国領だったこともあり、名門貴族と大盗賊になんらかの接点があったのかもしれない。獅童の髪の毛や眉毛《まゆげ》は栗色《くりいろ》で顔立ちも彫りは深く、アングロ・サクソンやゲルマンの血が混じっているかのようだ。もっとも、純粋な白人というイメージもない。まさしく、東洋と西洋の美を巧みに融合させたような美貌《びぼう》である。

「意外な答えだ」

「違うのか？」

「確かに、俺のオヤジの母親は英国人だったが、カーライル伯爵の血筋じゃない」

案の定、獅童には英国人の血が流れていたが、カーライル伯爵の縁故ではないらしい。

「お祖母様が英国人でお祖父様がドイツ系香港人とか？　君は東洋人より西洋人の血が濃いのか？」

「……ああ、オヤジは英国系香港人でオフクロがドイツと日本のハーフだ。俺の周りはミックスだらけさ」

混血は美しい、という一節が奇跡のような美形にしっくり馴染《なじ》む。寿明は宋一族の首領のルーツに興味を持った。

が、慌てて話を本題に戻した。

「どこの美術館や博物館にも宋一族関係者が潜んでいると聞いた。老舗《しにせ》の黒木画廊にも潜んでいるのだろう？」

寿明が探るような目で尋ねると、獅童は微《かす》かに口元を緩めた。

「黒木画廊の得意先に宋一族のメンバーがいる。それだけだ。あの老舗はプライドが高くてガードが固い」

「……え？　黒木さんの姉上や姪御《めいご》さんを籠絡《ろうらく》したのだろう？」

「確かに、黒木画廊を狙《ねら》うならオーナーの姉と姪だ」

「確認する。宋一族の仕業だな？」

寿明が真剣な顔で確かめるように聞くと、尊大な帝王は意味深な笑みを浮かべた。

「教えてほしかったらキスしろ」

反射的に寿明の身体は強張《こわば》った。

「……っ」

「教えてほしいんだろう？」

獅子王の大きな手が寿明の細い腰を楽しむように撫で回している。まるで自分の所有物のように。

「……う」

「キスしろ」

キスしたらどうなるのだろう。

キスしなかったらどうなるのだろう。

どちらのパターンも想像しようとしたが、獅童の蠢《うごめ》く手に急《せ》かされ、考えることすらできない。

寿明は目と口を固く閉じると、唇を獅童のシャープな頬《ほお》に近づけた。そっと触れるだけで、すぐに離す。

「……おい、それだけか？」

絶世の美形のマヌケ面に寿明は笑いそうになったが、すんでのところで思い留まった。

「リクエストに応《こた》えた」

「今時、中学生でもこんなキスはしねぇぞ」

「要望には応じた。答えろ」

寿明が真《ま》っ直《す》ぐに見据えると、獅童はシニカルに口元を歪《ゆが》めた。

「よく俺にそんなことが言えるな」

「宋一族の仕業だな？」

「違う」

獅童があっけらかんとした口調で否定しただけに妙なリアル感がある。寿明も美術品を狙う組織がほかにも存在することは知っていた。

「どこの仕業だ?」

「わからないのか?」

「眞鍋組の仕業なのか? 狸だとか、核弾頭とか、わけのわからないことを聞いたけれど?」

今、改めて思いだしても、眞鍋組に関しては不可解なことばかりだ。黒木本人も見当がつかず、困惑しているようだった。

「二代目組長夫妻が華々しく結婚式をして、新婚旅行に出たのに、嫁さんが狸と駆け落ちしたんだ」

一瞬、獅童が何を言ったのか理解できず、寿明はきょとんとした面持ちで聞き返した。

「……へっ?」

「もう一度言うぜ。眞鍋組の橘高清和《きったかせいわ》っていう二代目組長が結婚式をして、湯河原《ゆがわら》温泉経由で京都へ新婚旅行に行ったのに、新婚の嫁さんが湯河原温泉で狸と駆け落ちした」

獅童が歌うように言いながら、寿明の頭部にキスを落とした。額や頬にも軽快な音を立ててキスを連発する。

「……も、もう少しマシな嘘をついたらどうだ」

作り話でもひどすぎる、と寿明は溜め息《たいき》をついた。そんな話で騙《だま》されると思われたのなする新妻がいるとは思えなかった。
獅童はいつになく真顔だが、どんな努力をしても信じられない。この世に狸と駆け落ち
「嘘みたいな話だが嘘じゃない」
らば侮られたものだ。

「信じろというほうが無理だ」

「二代目姐《あね》を知れば納得する」

傲岸不遜《ごうがんふそん》な若獅子から、眞鍋組の二代目姐に対するそこはかとない賛辞が感じられた。

寿明は脳裏にインプットした眞鍋組のデータを取りだす。

「……あの夜、眞鍋組の二代目組長夫人は男だと聞いた」

「ああ、眞鍋組の二代目姐は男だ。カタギの医者だぜ」

「医者が組長夫人なのか？」

寿明が仰天して目を瞠《みは》ると、獅童は楽しそうに答えた。

「二代目と幼馴染みだったらしい。姉さん女房さ」

「いくつ年上だ？」

「十歳」

「十歳も？」

十歳年上の男性医師、という不夜城の覇者の奥方が想像できない。寿明は漠然と性転換

した組長夫人を想像していた。

「今時、珍しくねぇだろ」

獅童の言い草からふと、寿明は思い当たった。ほかでもない、三十半ばの自分と若い獅童の歳の差だ。

「君はいったいいくつなんだ？」

「企業秘密」

獅童が顰《しか》めっ面《つら》で視線を逸《そ》らしたから、寿明にはなんとなくわかった。おそらく、明かしたくないのだろう。

「言いたくないぐらい若いのか？」

「兎より人生経験は積んでいるぜ」

「僕よりだいぶ若いな？　まさか、十歳ぐらい若いのか？」

寿明が真剣な顔で尋《た》ねると、獅童は低い声で言った。

「勃った」

獅童に乱暴に抱き直され、寿明は臀部《でんぶ》に当たった固いものの正体に気づく。息が止まるかと思った。

「……っ？」

寿明は瞬時に逃げようとしたが、逞《たくま》しい腕の中では身動きが取れない。ますます密着するように抱え込まれた。

「勃たせたのは兎だ。責任を取れ」

「僕は出る」

パンパンッ、と寿明は固い筋肉に覆われた若い男の腕を叩《たた》いた。同じ男とは思えないくらい体格が違うから悔しい。

「誰が逃がすか」

ギュッ、と胸の突起をきつくつまれ、寿明は目を潤ませた。

「……あっ……」

胸がこんなに感じるなんておかしい。と寿明は首を振って耐える。プクン、と立つから羞恥心《しゅうちしん》は増すばかり。

「可愛いな」

「……さ、さ、触らないでくれ……は、話が逸れた。宋一族の仕業でなければどこだ？」

どんなに胸の突起が疼《うず》いても、寿明は確かめなくてはならないことがある。根性を振り絞って聞いた。

「すぐにわかるだろ」

犯人を知っているかのような口ぶりが気にかかった。今回の件に関し、直《じか》に接したのは黒木だけだ。しかし、どこからどう考えても黒木が犯人だとは思えない。まず、なんのメリットもないのだから。

そもそも、カーライル伯爵が離婚のための資金を極秘に調達するため、家宝とも言うべき絵画を黒木画廊に託した。

はっ、とそこで気づく。

要は金だ。

カーライル伯爵の目的は最初から金だった。

先祖代々、受け継いできたルーベンスの大作を売りたくはなかっただろう、と寿明は名門貴族の複雑な心中を推測した。家宝を手放さずに金を得ようとしたら、自《おの》ずとひとつの答えが導かれる。

「……まさか、カーライル伯爵の保険金詐欺？」

寿明が掠れた声で聞くと、宋一族の首領はあっさりと肯定した。

「気づくのが遅い」

「名門伯爵家の詐欺なのか？」

「名門伯爵家っていっても、台所は火の車だ。浪費を重ねた挙げ句に投資に失敗して、夫婦揃《そろ》って金策に駆けずり回っているぜ」

獅童が天気の話をするように、ランカスター朝から連綿と続いているという伯爵家の内情を明かした。

「伯爵が夫人に渡す慰謝料ではなく、借金返済のためにまとまった金が必要なのか？」

「夫婦仲が冷え切っているのは確かだが、夫人は意地でも離婚したりしないさ」

二十一世紀の現代でも、英国は貴族制度が残る格差社会だ。没落貴族の令嬢は伯爵夫人の称号を手放したくないらしい。

「ルーベンスの本物はカーライル伯爵の手元にあるんだな？」

「ああ」

「どこに隠してある？」

底の知れない大盗賊ならば摑んでいるはずだ。そんな確信があった。知《し》らず識《し》らずのうちに、寿明は尊大な帝王の逞しい腕を摑む。

「聞いてどうする？」

「黒木さんに事情を明かして計画を練ってもらう。証拠もないのに、伯爵相手に騒いでも外交問題に発展するだけだ」

「黒木画廊にそんな力があったら、カーライル伯爵のターゲットにはなっていない」

獅童の言葉からカーライル伯爵が黒木画廊に罠《わな》を仕掛けた理由を知る。寿明の神経がキリキリと痛んだ。

「カーライル伯爵は黒木画廊ならば騙せると踏んで話を持ちかけたのか？」

「黒木画廊と日本をナメたんだ」

想像した通りの返答を聞き、寿明の怒りが込み上げてくる。多種多様の芸術の花を咲かせた西欧諸国から見れば、明治時代に芸術という概念ができた日本は取るに足らない極東の小国だ。大金を積んだのに、贋作を摑まされたという話は枚挙に暇《いとま》がない。寿明の祖父母にしても、贋作に大金を注《つ》ぎ込まされた苦い経験があったそうだ。それ故、緒形《おがた》家の男たちはおしなべて芸術が好きではない。

「カーライル伯爵はどこにルーベンスの本物を隠している？」

「知ってどうする？」

「黒木さんと対処する」

「泣くのは保険屋だけだぜ」

面倒なことはやめておけ、と宋一族の若き首領は言外に匂わせている。カーライル伯爵のことも黒木画廊のこともなんとも思わないらしい。

「黒木画廊の誇りを踏みにじろうとしたカーライル伯爵が許せない」

寿明の正義感に火がつき、いてもたってもいられなくなる。こんな時、力のない自分が歯痒《はがゆ》くてたまらない。

「カミカゼみたいだな」

獅童の茶化したような言葉と目は、破滅を意味しているのだろうか。雄々しい腕を摑む寿明の手の力が自然に増す。

「無謀か？」

「黒木画廊が廃業することは間違いない」

獅童は突き放すような口調で、カーライル伯爵と黒木画廊の力関係を口にした。国の外交力の差も関与しているのかもしれない。

「宋一族ならばカーライル伯爵に罪を認めさせることができるな」

「カーライル伯爵のところからルーベンスの本物を盗みだせばいいのか？」

寿明は宋一族の総帥と眞鍋組の諜報部隊長の会話を思いだす。どちらも依頼を引き受けて動いていた。獅童にも大金を積めばいいのだろうか。

「獅童、黒木画廊にある贋作とすり替えることはできるのか？」

「それは宋一族に対する依頼か？」

「宋一族はこういった依頼を受けているのか？」

「場合による」

「僕は黒木さんからルーベンスの絵画を取り戻すように頼まれた」

黒木さんの依頼だ、と寿明は真摯《しんし》な目で宋一族のトップに依頼した。カーライル伯爵相手では正攻法では無理だ。

「じゃ、ヤらせろ」

獅童の要求を聞き、寿明は自分の耳を疑った。ちょうど、きつい夜風で楓《かえで》の葉が舞い上がる。

「……え？」

「お願いするなら当然だ」

「黒木さんの依頼だ」

僕はただの代理人、と寿明はくぐもった声で続けた。

「言っておくが、カーライル伯爵は贋作と本物をすり替えても黒木画廊をしゃぶりつくすぜ」

「どういうことだ？」

寿明が胡乱《うろん》な目で尋ねると、ペロリ、と獅童に頬を舐められた。そのうえ、鎖骨も辿《たど》られ、強く吸われる。

「カーライル伯爵は黒木の姪に手をつけている。姪を使って黒木画廊の資産をねこそぎ奪う罠を仕掛けているのさ」

「……っ……いったいどんな罠を仕掛けているんだ？」

どんな罠を張り巡らせたら、黒木画廊の資産を奪えるのだろう。寿明は冷静に考えることができなかった。

「コレクションルームにあるヴァン・ダイクやレンブラントの絵も黒木画廊に預からせ、姪に贋作とすり替えさせてから修復できないぐらいに滅茶苦茶《めちゃくちゃ》にさせる。結果、黒木画廊の保管ミス」

どんな力を以《もっ》てしても不可能だろう。

ありえない。

ありえることなのか、と寿明は愕然《がくぜん》とした。

「……そ、そんな罠を仕掛けているのか」

今までの言動から察するに、こういったことで獅童が嘘をつくとは思えない。宋一族が摑んだ情報を偽りなく教えてくれたのだろう。

「黒木はカーライル伯爵の真っ黒な腹に気づいていないからな」

たぶん、獅童は黒木画廊を無能の集まりだと嘲笑《あざわら》っている。黒木の名誉のため、言いたいことはあるが、ぐっと堪えた。

「カーライル伯爵の罪を暴く必要はない。ただ、罪を犯させないように手を打ってほしい。宋一族ならば可能だろう」

本当はカーライル伯爵の罪を暴き、社会的に葬りたいが、シビアに現実を考慮する。おそらく、傷つくのはカーライル伯爵だけではない。

「ムシがよすぎる」

「黒木画廊の小切手に希望する金額を書き込めばいい」

「破産する金額を書いてもいいんだな？」

交渉下手、と獅童に馬鹿にされているような気がした。確かに、大悪党相手に節度や常識を求めるほうが間違っている。

「破産しない程度の金額を書いてほしい。黒木さんの崇高な魂は貴重だ。本物の美術愛好家を破滅させるな」

寿明は真摯な目で獅童を見つめ、鋼のような胸を叩いた。ルーベンスが描いたギリシャ神話の太陽神のような体軀《たいく》はビクともしない。

「ヤるぞ」

獅童の腕が際どいところに触れ、寿明は上ずった声を上げた。

「……あっ」

「当然だ」

温泉に引きずり込まれた時から、覚悟しなければならなかったのだろう。寿明は改めて自分と体格のいい若者を比較した。闇雲に暴れても、体力を消耗するだけだ。何より、老舗画廊の苦悩が頭から離れない。

「……あ、あまりひどいことは……」

寿明が首まで真っ赤にして言うと、獅童の切れ長の目が意味深に細められた。

「まだ痛いのか？」

「当たり前だ」

寿明は羞恥心で目が合わせられず、窓の外に広がる風流な日本庭園に視線を流した。ライトで形のいい楓や鐘楼が幻想的に浮かび上がる。

「早く慣れろ」

湯の中、獅童の手に局部を弄《いじ》られ、寿明は全身をガクガクと震わせた。これだけで脳天が痺《しび》れる。

「……よ、よくもそんなことを……」

「早く慣れないと辛《つら》いだけだぜ」

「慣れる予定はない」

僕は男だ。

あんな恥ずかしくて苦しい行為に慣れたくない、と寿明は心の中で訴えた。屈辱感が凄《すさ》まじい。

「俺は慣れさせる予定だ」

「断る」

寿明が真っ赤な顔で拒むと、獅童は窓の外を眺めながらぶっきらぼうな口調で言い放った。

「惚《ほ》れたと思うからヤらせろ」

その瞬間、寿明の心臓の鼓動が速くなった。痛いなんてものではない。呼吸も苦しい。

ポロリ、と生理的な涙が零れた。

「……っ」

「……あ、可愛くなった」

「……な、何がっ」

「腹が立つぐらい可愛いな」

ペロリ、と獅童が寿明の目から溢《あふ》れた涙を舐め取る。その手は寿明の下肢を煽るように弄くった。

「……ぼ、僕は不整脈かもしれない」

寿明は息切れで苦しいが、やっとのことで声を出した。

「不整脈？」

「……し、心臓が異常だ。最中、僕が死んでもきちんと依頼は遂行しろ」

今の時点で心臓が破裂しそうな苦しさだ。これから身に起こることを予想し、寿明は死を覚悟した。心残りは黒木画廊のこと。

「……それ、病気じゃねぇだろ」

獅童は喉《のど》の奥で笑いつつ、寿明の際どいところを弄くった。

「心臓の異常だ」

「殺さないようにヤるから安心しろ」

獅童は嘲笑《ちょうしょう》を含んだ声で言うと、湯の中で寿明の足を大きく開かせる。今後の行為を象徴するように湯面が一段と大きくはねた。

「……あっ」

「温泉の中は身体が柔らかくなるな」

最奥《さいおう》に獅童の指を感じ、寿明の全身に稲妻が走った。視界が曇っているのは、湯気のせいではない。

「……ゆ、ゆ、湯がっ」

体勢も関係あるのかもしれないが、局部にかかる湯の圧力は半端ではない。閉じようとしても、無慈悲な力で固定された。

「痛くねぇだろ」

「……湯……湯が入るっ」

秘部を蠢く指が二本に増えるとともに、温泉の湯も容赦なく入ってくる。寿明の身体は未《いま》だかつてない苦しさと浮遊感でいっぱいになった。

「源泉掛け流しだから身体にいいさ」

「……や……やっ……」

「詐欺師め」

獅童がまるで降伏宣言のようにポツリと零したが、寿明は何がなんだかわけがわからなかった。

「……さ、詐欺師？」

「オヤジのくせにこんなに可愛いのは詐欺だぜ」

「……やっ」

苦しいし、気持ち悪い。

……いや、苦しいだけではないから辛い。

硫黄の匂いがなんらかの媚薬《びやく》のように感じる。

おかしい、僕の身体がおかしい、僕の身体じゃない、僕はどうなる、と寿明は肌を駆け抜ける悦楽に戸惑う。言いようのない恐怖に駆られ、無慈悲な男の腕から逃《のが》れたくなる。

けれど、逃してはくれない。秘部に埋め込まれた指は三本に増え、追い上げるように妖《あや》しく蠢く。

「怪盗に詐欺師、真面目《まじめ》な館長は犯罪のエキスパートになれるぜ」

濡れた獅童が醸しだすオスのフェロモンが凄絶《せいぜつ》だ。

「……い、いっ……は、犯罪のエキスパート？」

「兎のくせに獅子を手玉に取るとはいい度胸だ」

「……あっ……あ？」

一点を強く擦り上げられ、寿明は耐えがたい愉悦に襲われた。どんなに楽観的に考えても、男としての感じ方ではない。

「身体は素直だよな」

「……そ、そこはもうやめっ」

前立腺《ぜんりつせん》を巧みに攻め立てられ、寿明は今にも頂点を迎えそうだ。朦朧《もうろう》としてくるが、死に物狂いで凄絶な射精感を押さえ込む。

「先にイけよ」

「……あっ……やっ、絶対にいやだっ」

この状態で果てたら玩具《おもちゃ》みたいだ、と寿明は首を小刻みに振った。官能の嵐《あらし》に落ちる自分の身体が恨めしい。

「どうして？」

「……い、いや……あっ……駄目だっ」

「一緒にイくか？」

寿明は甘い吐息を零しながら頷《うなず》くだけで精一杯。

「俺たち、身体の相性はいいぜ」

秘部から指が引き抜かれた寂しさに疼くが、すぐに荒々しい肉塊が入ってくる。湯とともにゆっくりと。

「……っ……」

身体の奥底まで猛《たけ》った凶器が埋め込まれた激痛や圧迫に、悲鳴さえ出せない。

それなのに、一番ダメージを受けているはずの粘膜は歓喜の声を上げた。灼熱《しゃくねつ》の肉塊をきつく締めつける。まったく慣れていない行為なのに。

「……いいぜ」

獅童が好戦的な笑みを漏らした瞬間、下腹部いっぱいになっていた肉塊が大きな脈動を打った。凄絶な圧迫感になんとも形容しがたい悦楽が混じり、寿明は身悶《みもだ》える。知らず識らずのうちに、獅童の動きに応じていた。

「……あ……あぁ……あっ」

「やるな」

「……あっ……やっ……」

こんなに感じるのは僕じゃない。

こんなに感じたくない。

僕の身体がおかしい、と寿明は死に物狂いで全身に駆け巡る愉悦を打ち消そうとした。

……が、無駄だ。さらに煽るように揺すぶられ、擦り上げられ、寿明は襲いかかる掻痒感《そうようかん》に為《な》す術《すべ》がない。

「感じているんだろ」

男の身体は正直だから快感を隠せない。寿明の分身も頂点を迎えそうなので、全精力を注いで堪える。

「……い、言うなっ」

「俺もすごくいい」

獅童の艶《つや》混じりの声を聞いた途端、貫かれた時より耐えがたい衝撃が全身を走った。寿明の意志を身体はどこまでも裏切る。

「……ふっ……っっ」

そんな、こんなところで、こんなに呆気《あっけ》なく、と寿明は愕然とした。三十五年間、知らなかった恍惚感《こうこつかん》は凄まじい。

「可愛かった」

獅童の満足そうな声が寿明の屈辱感を刺激する。

「……も、もうっ」

「本番はこれからだぜ」

埋め込まれた肉塊が一段と存在感を増し、抜き差しも激しくなる。吐精後で敏感になっている寿明の全身が戦慄《わなな》いた。

「……あっ……いっ……」

「もっと声を出せ」

切れ長の目でも声でも強靭《きょうじん》な肉塊でも、寿明の身体を蹂躙《じゅうりん》する。手加減を知らない律動に寿明の何かが弾《はじ》けた。

「……あ、あぁっ」

「優しくしてやっている。痛いだけじゃねぇだろ」

「……も、もうっ……も……」

寿明にとって甘い責め苦に耐え忍ぶ長い夜が始まった。獅童の荒々しい熱さに身体が甘い悲鳴を上げる。ふたつの身体がひとつになり、離れることなく、どちらも二度、絶頂を迎える。それでもひとつの身体は離れない。若き帝王が離れてくれないのだ。

寿明には全身を駆け巡る官能の嵐が辛すぎる。心地よい夜風が吹いても、なんの慰めにもならなかった。

4

目覚めた時、寿明《としあき》はいつもの布団で覚えのある浴衣《ゆかた》を着ていた。しかし、常に寝ていた和室がＦＢＩ本部になっていた。……いや、さまざまな機器と体格のいい男たちで埋められていた。

「兎《うさぎ》、やっと起きたか」

枕《まくら》はいつもの枕ではなく、宋《そう》一族総帥の腕枕だ。チュッ、と目覚めの挨拶《あいさつ》のようなキスを額にされる。

「……え？」

寿明が目を丸くすると、覚醒《かくせい》させるかのように頭部を撫《な》でられた。髪の毛はぐしゃぐしゃだ。

「覚えていないのか？」

獅童《しどう》に意味深な目で顔を覗《のぞ》かれ、寿明はゆっくりと上体を起こした。秘部の痛みと腰の重さの原因は覚えている。悪夢だと思いたいが現実だ。

あんな破廉恥なことをよくも僕にさせた。

それも風呂場《ふろば》で、と思いだした途端、屈辱感と羞恥心《しゅうちしん》で全身の血が逆流する。面でも小手でも決めたい。

だが、今はそんな場合ではない。それだけは物々しい周囲を一見すればわかる。

「君が九龍《クーロン》の大悪党であることは覚えている」

「本物の大悪党を見せてやるぜ」

「本物の大悪党？　カーライル伯爵か？」

温泉に浸《つ》かりながら、名門貴族の裏の顔を知った。獅童が嘘《うそ》をついていると疑えなかったから不思議だ。

「見ろ」

獅童が鷹揚《おうよう》に顎《あご》を杓《しゃく》った先、襖《ふすま》一面を覆い尽くしたモニター画面には、いかにもといったタイプの英国紳士と淑女がヴィクトリア調の優雅な部屋で紅茶を飲んでいた。どこかの高級ホテルの一室だろうか。

「カーライル伯爵？　……それより、これはどういうことだ？」

「俺のいるところが本拠地だ」

獅童があっけらかんとした口調で言うと、傍らにいた凜々《りり》しい青年が同意するように相槌《あいづち》を打った。昨日、蕎麦屋《そばや》で会った豹童《ひょうどう》だ。壁を覆い尽くした一番大きなモニター画面では、亜麻色の髪の青年が金髪の美青年に英国英語で熱弁を振るっている。その背後にはルーベンスの絵画が映っていた。

「……え？　ルーベンスの『愛の園に下りたヴィーナスとマルス』か？　誰だ？」

寿明はモニター画面に映っているフランドルの巨匠の大作に覚えがある。黒木《くろき》から頼み込まれていたカーライル伯爵家の家宝だ。

「カーライル伯爵の秘書のブラッドフォードだ」

獅童が口にしたカーライル伯爵の秘書は、寿明も黒木から預かったデータで知っている。名門大学を卒業後、すぐにカーライル伯爵家に仕え、真面目《まじめ》な好青年として評判がいいという。祖父の代からカーライル伯爵家に仕え、信頼も厚かったそうだ。父の死後、カーライル伯爵の秘書になり、丁寧な仕事ぶりには誰もが感心しているらしい。黒木も来日に同行したブラッドフォードを褒めていた。

しかし、そういう非の打ち所のないスタッフこそ怪しい。何せ、寿明が信頼していた真面目な警備員は獅童だったから。

「もしかして、宋一族のメンバーか？」

「恋人がダイアナの部下のアンジーだ。チョロい」

獅童が指した先、優雅にビスケットをつまむカーライル伯爵夫人の傍らでは金髪の若い美女が空になったティーカップに紅茶を注いでいた。ラファエロが描いた聖母マリアのような美女だ。

宋一族の仕事にはハニートラップも駆使される。

寿明はアンジーという名前にも覚えがあった。黒木が渡してくれたデータに、カーライル伯爵夫人付の侍女と記されていたのだ。

「……これは秘書が画商にルーベンスの大作を持ち込んでいるのか？」

金髪の美青年は盗品を扱う画商なのか、盗品だと知らないのか、と寿明は最も重要なモニター画面に視線を移した。ここで秘書と画商の間で売買が成立したらどうなるのか、寿明は見当もつかない。

「画商じゃなくて美術品コレクターのウィンズレット侯爵だ。鑑定の依頼があって、ちょうど来日していたのさ」

世界各国に美術品収集家が点在し、寿明は何人も知っているが、ウィンズレット侯爵という名は記憶がない。ただ、鑑定を依頼されるぐらいならば詳しいのだろう。持ち込まれたルーベンスの絵画が本物だと判断できるに違いない。

「どうしてこんな映像が？」

寿明が素朴な疑問を投げると、獅童はなんでもないことのようにサラリと答えた。

「仕掛けた」

「それはわかるけれど……あ？　……警察？」

ブラッドフォードとウィンズレット侯爵の部屋に、制服姿の警察官を連れた私服刑事が乗り込んできた。動揺しているのは、ブラッドフォードだけだ。英国英語で喚《わめ》き立てているが、警察官によって連行されてしまう。

「ウィンズレット侯爵はすぐに盗品だと気づいて警察に通報した。もちろん、所有者を知っている」

獅童の説明が終わるや否や、モニター画面の中のウィンズレット侯爵は上品な日本人男性と白髪頭の日本人男性を招き入れた。

「……え？　黒木さん？」

黒木画廊のオーナーはルーベンスの大作の前で崩れ落ちた。そばにいた白髪頭の男性にしてもそうだ。

「黒木と保険会社の社長はウィンズレット侯爵が宿泊していたホテルのパーティに出席していたんだ。ウィンズレット侯爵が呼んだ」

何故《なぜ》、ウィンズレット侯爵はわざわざ黒木と保険会社の社長を招いたのだろう。自《おの》ずと答えが導かれる。

「ウィンズレット侯爵は宋一族の関係者なのか？」

「ウィンズレット侯爵の弱みを探っている最中だ」

獅童のセリフから秀麗な英国紳士が潔白だと知る。

「ウィンズレット侯爵は、誇り高い美術愛好家なんだな。よかった。ちゃんといるんだあ……、よかった。黒木さんと保険会社の社長が泣いている」

黒木と保険会社の社長は泣きながら、ウィンズレット侯爵に頭を下げた。どうやら、旧知の間柄らしい。

もっとも、ウィンズレット侯爵はどこまでもクールだ。貴族的な態度を崩さず、澄ました顔で泣《な》き濡《ぬ》れる日本人ふたりを見つめている。そのうえ、何事もなかったかのように、執事に人数分の紅茶の用意を指示した。

「ブラッドフォードはすぐに白状する。カーライル伯爵が隠蔽《いんぺい》工作に励む前に、黒木と保険会社はさっさと手を打ったほうがいい」

モニター画面には、依然として、カーライル伯爵夫妻の優雅なティータイムが映しだされている。どうやら、黒木画廊にふっかける金額の算段を練っているようだ。侍女のアンジーが顧問弁護士を案内すると、今後のカーライル伯爵家の立て直しについて話し合われた。

「僕が黒木さんに連絡を入れたほうがいいのか？」

日本の警察の力がどこまで英国の伯爵家に通じるのだろう。官僚社会にいた経験から、いやな予感しかしない。

「俺の部下ならそうしろ」

宋一族の首領に真上から叩《たた》きつけるように言われ、寿明は冷静に判断した。

「僕は君の部下じゃないから連絡を入れない」

「臆面《おくめん》もなく言いやがって」
「……あ、是枝《これえだ》不動産のホテル・コレエ？」

「……是枝不動産は……是枝グループは宋一族の企業なのか？」

　黒木と保険会社の社長が泣きながら、紅茶が用意されたテーブルにつく。ナプキンに高級ホテルの代名詞と化しているホテル・コレエのマークがあった。是枝グループは是枝不動産を中心とした財閥系企業だが、もともと、是枝家は大地主だったという。

　寿明は東京にある宋一族のアジトのひとつを思いだした。ダイアナが店主を務めていた中華料理店の地下から、是枝不動産資本の商業施設まで繋《つな》がっていたのだ。地上はすべて宋一族の所有地だと聞いた。

「是枝グループ関係ならタダにしてやる。ホテルもメシも買い物もマンションも別荘もすべて是枝関係にしろ」

「先代の是枝グループ会長が亡くなって、若い会長が就任したばかりだと聞いた。どこにも顔写真が出ていないけれど、先代は英国系香港人《ホンコンじん》で会長夫人はドイツ人と日本人のハーフだったはずだ」

　君が是枝グループ会長か、是枝グループの会長に扮《ふん》しているのか、是枝グループの会長をコピーしているのか、と寿明が胡乱《うろん》な目で尋ねた。そうでもないと、ここまでのことはできないだろう。

「よく知っているな」

「君が会長の是枝雅和《まさかず》か？」

「その名前は覚えておけ」

獅童が肯定したように軽く頷《うなず》いた。是枝雅和は戦後最大の不況の嵐《あらし》の中でも堅実な成長を遂げている是枝グループの会長だ。

「君は会長本人なのか？　どこかで本物と入れ替わったのか？」

寿明が掠《かす》れた声で聞くと、獅童はシニカルに口元を緩めた。

「是枝グループが宋一族だと思うと痛い目に遭うからやめろ。兎が名誉毀損《きそん》で警察にしょっぴかれる」

「是枝グループは宋一族じゃないのか？」

「前総帥のオヤジはガキの時に香港から出て、日本で育った。是枝家の一人娘のオフクロの婿養子に入って、生まれたのが俺」

英国から香港が返還され、中国の威信にかけた九龍の浄化作戦が始まった。宋一族は香港マフィアとの戦いに負け、縁戚《えんせき》関係にあった是枝家を頼って来日したと、前に軽く聞いていたが、獅童の出生に纏《まつ》わる話は初耳だ。

「是枝家に助けてもらっておきながら大盗賊のままなのか？　是枝家に申し訳がないと思わないのか？」

寿明が険しい顔つきで非難すると、獅童は呆《あき》れ顔《がお》で周囲を指した。

「あのさ、宋一族だらけの中でよくそんなことがほざけるな」

宋一族の総帥が指摘した通り、広々とした和室は屈強な兵隊たちで埋められている。軍人上がりだとしか思えないような男は、堂々とライフルを抱えていた。おそらく、どの男も凶器を隠し持っているだろう。

「何度も言っている。さっさと始末すればいい。武士の情けを知るなら一気に始末してほしい」

「可愛《かわい》い面して生意気な」

獅童が忌々《いまいま》しそうに舌打ちした時、それまで無言だった周りの青年たちがいっせいに噴きだした。ぶはーっ、と。

「……兎……兎童《うどう》は獅童ママにそっくり……」

「怪盗に詐欺師のダブルは罪が重い」

「兎童が一番の大悪党だな」

「ああ、兎童がナンバーワンの大悪党だ」

蕎麦屋で会った豹童や狐童《こどう》をはじめとして、屈強な青年たちが口を揃《そろ》えた。寿明がぶっちぎりの大悪党だ、と。

もちろん、寿明は釈然としない。

「君たち、よくも勝手にうちに押しかけてきて、そんな好き勝手なことを言える」

寿明が据わった目で反論すると、豹童が憎々しげに言い放った。

「あのさ、兎、誰のせいで俺たちがこんな田舎にいると思っているんだ？」

「僕に非はない」

「非は兎にある」

豹童の非難に同意するように、ほかの宋一族の男たちは同じ表情でいっせいに相槌を打った。

「その頭に詰まっているものがオガクズでなければよく考えなさい。僕に非はない」

寿明は嫌みっぽく豹童の頭を人差し指で差す。

「獅童の心を盗んだのは誰だ？」

獅童は今まで誰にも入れ込んだりしなかった、と豹童はアーモンドのような目で語っている。

兎が初めての相手だ、とほかの宋一族の男たちの目も雄弁に同意した。辺りに漂う圧迫感が凄《すさ》まじい。

「獅童に言いなさい」

獅童が初めて入れ込んだ相手が僕、と寿明が認識した瞬間、心臓の鼓動が速くなった。息も苦しくなり、体温が一気に上がる。

「獅童は麺も打てないくせに蕎麦を打つとか言いだしやがった。そんな暇があったら仕事しろよ。さっさとループルに仕掛けなきゃヤバいっていうのにっ」

豹童が歯軋《はぎし》りして悔しがるが、寿明の顔つきのほうが険しくなった。心臓の鼓動は正常に戻ったが、身体《からだ》に変な力が入る。

「僕に言うべき案件ではない」

「蕎麦打ちのワークショップは誰のせいだ？」

獅童に蕎麦が打てないと踏んだからワークショップを持ちかけた。拒否しなかったのは、ほかでもない雄々しい獅子王《ししおう》だ。

「さっさと獅童を連れて戻れ」

「俺たちも獅童を連れて戻りたいんだっ」

豹童は宋一族の総意を荒い語気で言い放った。獅童以外、どの兵隊の目もそれぞれ甲乙をつけがたいくらい鋭い。

「首に縄をつけてでも連れて帰れ」

「首に縄をつけるのは兎だ」

「僕が邪魔なら始末しろ」

「始末したいけど、始末したら獅童がブチ切れるっ」

豹童が切羽詰まった組織内の事情を明かした時、来客を知らせるインターホンが鳴り響いた。

「……誰だ？」

寿明は浴衣の着崩れを直しながら、インターホンのモニター画面で来訪者を確認する。高徳護国流《たかとくごこくりゅう》の次期宗主である晴信《はるのぶ》だ。

「……次期殿？　またいったいなんの用だ？」

性懲《しょうこ》りもなく若奥様から逃げている最中なのか、と寿明は漠然と見当をつけた。執拗《しつよう》に鳴り続けるインターホンに根負けして、玄関のロックを解除する。

「館長、遅いぜ。窓から入るところだった」

晴信はまるで自分の家に帰宅したような口ぶりだ。背後にお目付け役の側近は見当たらない。

「次期殿、どうされました？」

「デートに誘いに来た」

「どちらに？」

「東照宮や二荒山神社《ふたらさんじんじゃ》にお参りに行こうぜ。ついでに本家にも立ち寄れ」

昨日の宗主夫人による大嵐の後だけに、寿明は胸騒ぎがした。十中八九、晴信に利用される。

「奥様と宗主へのご挨拶は後日、伺わせていただきます」

「オヤジが会いたがっている」

「次期殿が僕と宗主を会わせたい理由はなんでしょう？　若奥様を泣かせるために僕を悪用するのはやめてください。第一、すべてバレています」

僕を愛人だとか、側室だとか、そういった大嘘で未《いま》だに攪乱《かくらん》している、と寿明には手に取るようにわかった。

「いいから行くぜ」

晴信に肩を抱かれそうになり、寿明は咄嗟《とっさ》に身を引いた。察するに、浴衣姿でも荷物のように担ぎ上げられて運ばれるだろう。

「相変わらず、僕が側室だと真っ赤な嘘をつきまくっているのですか？」

「本妻にしてやる」

「断固としてお断りします」

寿明がぴしゃりと撥《は》ねのけると、晴信は苦笑を浮かべながら指を動かした。

「なら、頭を貸せ」

長い指先は寿明の頭だ。

「……はい？」

「どうしたら、義信《よしのぶ》が戻ってくる？」

とどのつまり、晴信の目的は出奔した異母弟だ。自身を貶《おとし》めるような言動の数々も鬼神を思ってのこと。

「次期殿、殴っていいですか？」

寿明は自制心で振り上げそうになる拳《こぶし》を止めた。

「義信が松本力也《まつもとりきや》として生きなきゃならないのなら、俺が松本力也として生きてやる。松本力也の死には俺も関係しているから」

高徳護国家の長男の苦渋に満ちた顔や言葉に、今まで見聞きした噂《うわさ》を合わせれば、朧《おぼろ》気《げ》ながら次男が眞鍋《まなべ》組の金バッジをつけた理由がわかる。たぶん、長男派の門人により次男の命が狙《ねら》われたのだろう。けれど、松本力也が次男を庇《かば》って死んだに違いない。それ故、高徳護国の兄弟はどちらも苦しんでいる。兄も弟も自身の幸福を拒絶しているような気がした。

「……その分だと松本力也は跡目騒動の犠牲になったようですね。すべての原因は跡目から逃げようとする次期殿です」

不器用な男たちの気持ちはわからないでもない。寿明もまた不器用だから。

「俺より義信のほうが相応《ふさわ》しい」

「繰り返します。殴っていいですか？　……僕の腕力はたいしたことがないので木刀を使ってよろしいか？」

寿明はこれ見よがしな動作で、下駄《げた》箱に隠していた木刀を取りだそうとした。思いきらない跡取り息子が腹立たしい。

「強くなったんじゃなくて、もともと、気は強かったんだよな。いつの間にか死相が消えて、生き生きしている。ここで恋人でもできたのか？」

想定外の指摘に、寿明は長い睫毛《まつげ》に縁取られた目をゆらゆらと揺らした。

「……恋人？」

恋人はいない。

恋人にしたい人もいない。

キスを何度もされた男がいるだけ、と寿明の脳裏に獅童が過《よぎ》った。ズキズキズキッ、と胸が痛む。

「今まで可愛い人形だったのに妙な色気がついてきた」

「次期殿は目までおかしくなりましたか？」

「……あれ？　虫刺され……じゃなくてキスマークか？」

晴信は興味津々といった風情で、寿明の白い首筋の紅《あか》い跡を指した。

「……キ、キスマーク？」

寿明が花と称《たた》えられる顔を派手に歪《ゆが》ませた時、門の向《む》こう側《がわ》から世にも恐ろしい声が聞こえてきた。

「次期殿が逃げ込んだ屋敷《やしき》はここぞ。火を放て」

「正室との祝言も挙げておらぬのに、側室の元へ入り浸るとは何事ぞ。矢をかけよ」

「おのおの方、参りますぞ」

誰よりも迫力のある声の持ち主は、日光随一の女丈夫である高徳護国流宗主夫人だ。その瞬間、晴信は物凄《ものすご》い勢いで室内へ飛び込んだ。

ダダダダダダダッ、と晴信は脱兎《だっと》の如《ごと》く走り去る。

「……次期殿？」

危ない、と寿明の背筋が凍りついた。何せ、別荘内は宋一族の関係者で溢《あふ》れかえっている。

「次期殿、お迎えがいらっしゃいましたっ」

寿明は晴信を追って、木の香りがする長い廊下を進んだ。玄関から近い客間ではなく、よりによって、晴信は寝室として使っていた和室に吸い込まれるように消えた。寝室は宋一族の本拠地と化していたのに。

「……っ……次期殿？」

万事休す、と寿明も晴信に続いて寝室に飛び込んだ。

「……え？」

畳には布団が敷かれ、そばには目覚まし時計が置かれている。襖にモニター画面はないし、ノートパソコンなどの電子機器もいっさいない。獅童を筆頭とする宋一族の男たちどころか誰もいなかった。

これこそ、神出鬼没の大盗賊のなせる業か。

「……次期殿？　……あ、あんなところから……」

晴信は縁側《えんがわ》から庭に出て、物凄い勢いで池を横切り、高い塀を跳び越えた。とてもじゃないが、剣道界の雄と称えられる高徳護国流次期宗主の行動ではない。

「頼もう〜っ」

寿明が呆然《ぼうぜん》としていると、宗主夫人が長刀を手に現れた。背後には長老たちがぞろぞろと続いている。

「側室殿、失礼する。次期殿を返してもらうぞ」

宗主夫人の自分に対する呼びかけですべてわかる。寿明は礼儀正しく一礼してから、明《めい》瞭《りょう》な声で言った。

「奥方様、誤解が解けたものだとばかり思っていました。僕は次期殿の側室ではありません」

「嫁御の泣き落としも効果なく、あまつさえ、嫁御は側室を認めるようなことをほざいての」

宗主夫人の長刀を握る手が怒りで震えていた。周囲に立つ長老たちは今にも昇天しそうな雰囲気だ。

「若奥様は、次期殿のデタラメに騙《だま》されたのでしょう。僕は次期殿に面をお見舞いしたいです」

世間知らずの淑女ならば、癖のある剣士にコロリと騙されるかもしれない。寿明には容易に想像できる。

「わらわも次期殿の脳天をカチ割りたい気分ぞ。……で、ものは相談ぞ」

「なんでしょう?」

「正道《まさみち》殿、説明してたもれ」

宗主夫人に促され、長老たちの間から怜悧《れいり》な美貌《びぼう》を誇る正道が現れた。寿明がルーベンスの『花畑の聖母』を盗まれた際、頼った警視総監の最有力候補だ。

「寿明さん、お元気そうで何よりです。昨夜、本家から呼びだされ、日光に参りました」

正道はいつもとなんら変わらず、魂のない氷の人形のようだ。熱く燃《も》え滾《たぎ》る女丈夫のそばにいても違った意味で迫力負けしない。

「正道くん、先日はお世話になりました。おかげさまで、ボドリヤール伯爵に優雅な笑顔が戻りました」

「私《わたし》は何もしていません」

正道の凍《い》てついた無表情の裏には、誰よりも熱い正義感が流れている。今も昔も高潔な意志を持った剣士だ。

「正道くんの助言や存在に助けられました。ありがとう」

寿明がありのままの感情を告げると、正道の目が少しだけ細められた。

「寿明さん、霧が晴れたようにお見受けする」

「そうですか？」

「次期殿とのロマンスで霧が晴れたとは思えない」

正道に氷の目で見下ろされ、寿明は白い頬《ほお》を引《ひ》き攣《つ》らせた。

「次期殿の真っ赤な嘘に惑わされないでください」

「私も宗主夫人も理解しています。ただ、門人たちは動揺しています」

正道の言葉を肯定するように、居合わせた長老たちが渋い顔で相槌を打った。そもじはスズランみたいに愛らしいからのぅ、としみじみ言ったのは杖《つえ》をついた最長老だ。お稚児さん、と気難しい長老たちが囁《ささや》いている。

「門人たちを抑えるのは長老方の役目です」

寿明が切々とした調子で言うと、正道が氷の美貌で爆弾を落とした。

「寿明さんに心を奪われた若い門弟がいます」

「……え？　……僕に？」

寿明が仰天して下肢を震わせると、正道の全身から冷気が発せられた。……ような気がした。

「寿明さんへの恋患いで体調を崩した門弟を三人、確認しました。私に持ち込まれても対処できかねる」

「どうして、そんなことに……」

寿明が頭を抱え込むと、正道は痛風で入院していた前任者について言及した。

「ゆけむり美術館の前館長が復職を決意しました」

館長が復帰してくれたら、寿明はなんの気兼ねもなく鬼怒川《きぬがわ》から去ることができる。裕《ゆう》子《こ》や桑田《くわた》もわかってくれるはずだ。

「よかった。僕は東京に戻ります」

「実は十日後、二階堂《にかいどう》家が相良《さがら》グループの援助を受け、丸の内に美術館をオープンする予定です」

なんの前触れもなく、正道はガラリと話題を変えたが、寿明は戸惑ったりはしない。前々からそういう話は聞いていた。

「おめでとうございます」

「キャリアに申し分のない学芸員を館長としてスカウトし、美術館の立ち上げを一任していたそうですが、秘書に対するセクハラが露見し、解雇しました。血迷ったらしく、私に館長を引き受けるように二階堂家から打診がありました」

エリートコースを驀進《ばくしん》中の正道を館長に指名するあたり、二階堂家や出資者たちは美術館に力を入れているのだろう。館長として採用したベテラン学芸員のセクハラのショックも大きかったのかもしれない。

「館長はいつでもできる。正道くんには警視庁で正義を貫いてほしい」

警察という大組織の闇《やみ》も深く、少し耳にしただけでも目眩《めまい》がする。賄賂《わいろ》や昇進で正義を売らない氷の彫刻は貴重だ。

「私も警視庁を退職するつもりはありません。寿明さん、二階堂美術館の館長を引き受けてください」

意表を突かれたが、寿明は即答した。

「僕には無理です」

「二階堂家から信用できる館長を紹介しろと命じられました。信用できる剣士は多々おりますが、心当たりは皆、芸術に疎い。結果、寿明さんしか、該当する人物がいません」

正道に信用されているとなれば、寿明はなおさら引き受けられない。九龍の大盗賊という闇組織が重くのしかかる。

「正道くん、買《か》い被《かぶ》りです」

「告知した開館日が迫っています。せめて開館まで館長として携わってください」

「考えさせてください」

どんなに考えても引き受けませんが、と寿明は心の中で正道に詫《わ》びた。いろいろな言い訳をつけて拒むつもりだ。

何より、それまで生きているのだろうか。

いつ、獅童が豹変するかもしれない。

始末されるならいいが、動画がアップされたら迷惑をかける。

大都会の美術館の館長になれば協力させられる、と寿明は口に出せない苦悩を深淵《しんえん》に沈めた。

「寿明さん、躊躇《ためら》う理由をお聞かせください」

「僕には荷が重い」

「私は六本木の滝沢《たきざわ》館長から寿明さんの評価をお聞きした。混沌《こんとん》とした美術界に必要な館長だと思います」

すべて知っています、と正道の冷徹な目は語っているような気がしないでもない。すべて知っているうえで館長に指名したとは思えないのだが。

「……正道くん?」

「寿明さんが躊躇っている間に、次期殿がまた何かされるでしょう。次期殿に利用される隙《すき》を作らないでいただきたい」

正道と同じ懸念を寿明も抱いている。くだらない言い訳を駆使して、いじらしい新妻から逃げ続けるだろう。

「東京に戻ります」

館長を引き受けるとは言わないが、東京に戻ったほうがいいことは間違いない。寿明が宗主夫人たちに別れの挨拶をしようとした瞬間、祖母がひょっこりと顔を出した。

「寿明くん、よかった。ようやく決心したのね」

祖母はお気に入りの手描《てが》きの加賀友禅を身につけていた。温泉を楽しむための着物ではない。

「お祖母《ばあ》ちゃん？　どうして？」

寿明が仰天して声を張り上げると、祖母は嬉《うれ》しそうに抱きついてきた。

「……さぁ、一緒に東京に戻るわよ。丸の内の二階堂美術館なら安心だわ」

「お祖父《じい》ちゃんの差し金？」

はっ、と寿明は館長就任のシナリオを裏で書いていた人物に思い当たった。不肖の孫に甘い代議士だと。

「期日が迫っているから、二階堂家も相良グループも困っていたのよ。社会事業の一環として美術館をオープンしようとしたけれど、頼りにしていた館長がセクハラ三昧《ざんまい》だったんですって。その点、寿明くんならそんな心配はないもの」

荷物は業者にすべてやってもらうからいいわよ、と恵比寿顔《えびすがお》の祖母に物凄い力で手を引かれてしまう。まるで逃亡を阻むかのように、長刀を手にした宗主夫人や長老たちが前後を塞《ふさ》ぐ。寿明には突破口が見つけられない。

「お祖母ちゃん、僕は引き受けるとは言っていない」

寿明が慌てて言っても、祖母は風か何かのように無視した。

「六本木の滝沢館長が寿明くんのことを褒めちぎっていたの。明智松《あけちしょう》美術館のスタッフも寿明くんを褒め称えていたのよ。鼻が高いわ」

「僕の話を聞いてほしい」

「このところ、耳が遠くなったの」

「お祖母ちゃん、都合のいい時だけ耳が遠くなるね」

あれよあれよという間に、寿明は二階堂家が所有するメルセデス・ベンツの車の中だ。予期せぬ出立だった。

いったい何がどうなっているのか。ルーベンスが描いた運命の女神が瞼《まぶた》を過る。運命という歯車が狂っているのか、正しいのか、定かではないが、寿明は変な安心感を抱きながら鬼怒川に別れを告げた。何せ、このまま鬼怒川に留《とど》まれば、宋一族という犯罪者の巣窟《そうくつ》になってしまうから。

鬼怒川を第二の九龍にしてはならない。

5

東京に戻ってから十日後、寿明《としあき》は二階堂《にかいどう》美術館の館長としてオープニングセレモニーで挨拶《あいさつ》をしていた。オープニングパーティの挨拶もトラブルなくすませる。

「館長、丸の内の歴史的建造物に美術館など、日本の芸術に一石を投じましたね」

高名な美術評論家に皮肉は感じない。丸の内の一等地にあった著名な建築家の歴史的建造物を、美術館としてリニューアルしたから感心しているようだ。

「ありがとうございます」

「館長、常設展にルーベンスを三点も……素晴らしい……」

辛口のコメンテーターは常設展の展示品のレベルの高さに驚嘆している。格式の高い二階堂家のツテと大成金《なりきん》の相良《さがら》グループの資金力がタッグを組んだ成果だ。私立の名門校として双璧《そうへき》と並び称《たた》えられている、清水谷《しみずたに》学園と大宮《おおみや》学院のカリキュラムに美術館見学が組み込まれたのも大きいのだろう。結果、それだけスタッフ側《がわ》にプレッシャーが大きくなった。

「ありがとうございます。ごゆっくりしてください」

「興奮して浮き足立つ。日比谷の鹿鳴館《ろくめいかん》時代に、ワルツを踊った丸の内の洋館広間が展示室になるのはいい」

「伊藤博文《いとうひろぶみ》公のお気に入りだったという柱時計が隣の広間にあります。ぜひ、ご覧ください」

寿明は目まぐるしいなんてものではない。息をつく間もない怒濤《どとう》のような日々が三倍速度で通り過ぎたような気分だ。不眠不休で奮闘していたが、前任者がきちんと準備していたから助かった。もっと言えば、前任者の手腕に感服した。寿明ではここまでのことはできなかっただろう。それだけにセクハラが残念でならない。

「館長、ご紹介します。名取《なとり》グループの名取満知子《まちこ》会長です」

相良グループ会長に世界に冠たる名取グループ会長を紹介され、寿明は姿勢を正してからお辞儀をした。

「よくいらしてくださいました。館長の緒形《おがた》寿明です」

名取会長は耳と胸元を大粒の真珠で飾り、落ち着いたムードを漂わせている。セレモニーで華を添えた女優やタレントとは一線を画していた。

「館長、初めまして。名取満知子です。お祖父様とお祖母様から真面目《まじめ》で優秀なお孫さんの話を聞いているから初めての気がしないの」

名取会長に親しそうに声をかけられ、寿明は恐縮してしまう。

「お恥ずかしい限りです。ふたりとも孫に甘いのです」

「お祖父様とお祖母様があんなに褒めるのは館長だけよ。二階堂家のご当主や高徳護国流《たかとくごこく》宗主が太鼓判を捺《お》していた理由がわかります」

「ご期待に添えるよう精進してまいります。今後ともご指導、ご鞭撻《べんたつ》のほどをよろしくお願いします」

祖父の力か、父や親戚《しんせき》の力か、二階堂家や相良グループの力か、高徳護国流の力か、莫《ばく》大《だい》な富や権力を持っている者も童顔の新米館長に笑顔で挨拶をした。当然、寿明は自惚《うぬぼ》れたりせず、相手が誰であっても最大限の礼儀を払う。

だが、祖父の戦友とも言うべき代議士には参った。

「寿明くんや……いや、館長、ルーベンスの価値はまだまだ上がるかね？」

「価値ですか？」

寿明はいやな予感がしたが、政界の推す大物代議士を無視するわけにはいかない。タイミング悪く、寿明の周りには誰もおらず、大物代議士の秘書とボディガードが置物のように立っているだけだ。

「ルーベンスに投資しようと思っても高くて手が出せない。それでも、手堅くルーベンスに投資するべきかね？　マネやモネやルノワールのほうがいいかね？」

「もしかして、絵画の購入を検討されているのですか？」

「いかにも。年々、絵は高くなっていく。マネやモネの絵なんぞ、戦中とは比べようもないぐらい上がった。どの絵が高くなりそうだね?」

美術音痴の代議士にとって、至上の美も株となんら変わりがない。

マネやモネは後生の投資の対象として描いたんじゃない、と寿明は沸々と湧《わ》き上がる怒りを深淵《しんえん》に沈めた。

「美術品は投資の対象ではありません」

「何を言っておる。貧乏貴族が遠い日に五フランで買った一枚の絵で、居城を手放さずにすんだそうじゃ。絵はゴールドより手堅い」

大物代議士が鼻を鳴らした時、いつの間にいたのか、秀麗な英国紳士がなんの前触れもなく口を挟んだ。

「芸術家が投資の対象として絵を描いたとは思えない」

目を閉じて聞いていれば、外国人だと思えないぐらい流暢《りゅうちょう》な日本語だ。

「……なんだね? 日本語は上手《うま》いが無礼な外国人じゃな」

「芸術家が魂を込めた作品を投資の対象として見るのならば、芸術に触れる権利はない。投資は株や金、小豆《あずき》にしたまえ」

「……失敬な。わしを誰だと思っておるんじゃ」

代議士が憤慨すると、背後で控えていた秘書が真っ青な顔で耳打ちした。寿明の耳にも聞こえた。「英国のウィンズレット侯爵です」と。

秀麗な紳士の名を聞いた瞬間、代議士の顔色が変わる。

「……あ〜っ、お〜っ、お〜っ、侯爵殿か。女王陛下によしなに」

代議士はしゃがれた声で言うと、顔面蒼白《そうはく》の秘書やボディガードを連れて逃げるように去っていった。そそくさと名取グループ会長の輪に加わる。

寿明は粗大ゴミが排除されたような気分だ。

「ウィンズレット侯爵、ありがとうございました。私《わたし》も同じ気持ちです」

立場上、言わないほうがいいとわかっているが、寿明は口にせずにいられなかった。深々と英国紳士に頭を下げる。

「館長、初めまして。黒木《くろき》画廊のオーナーから名前を聞いています」

ウィンズレット侯爵から手を差しだされ、寿明は満面の笑みを浮かべて握手した。すると、銀座の黒木画廊の黒木が顔を出した。

「館長、ご無沙汰《ぶさた》しております。その節はありがとうございました」

「黒木さん、よくいらしてくださいました。おかげさまでこの日を迎えることができました」

こうやってお互いに笑顔で再会できることが嬉《うれ》しい。寿明はありったけの思いを込め、黒木とも固い握手をする。

「こちらこそ、すべては館長のおかげです。感謝します」

黒木の目は礼を言うだけで潤み、傍らにいた保険会社の社長も腰を折った。どちらも詐欺という修羅場を乗り越えてきたばかりだ。相手が相手だけにその後もどれだけ大変だったか、風の噂《うわさ》で聞いている。

「黒木さん、私は何もしていません」

黒木だけでなくウィンズレット侯爵にも、すべて見透かされているような気になる。特にピーコックグリーンの瞳《ひとみ》の圧力が凄絶《せいぜつ》だ。

「本日、館長にぜひともご紹介したい御仁がいました。……が、紹介する必要はなかった。ウィンズレット侯爵は私どもの大恩人です」

黒木は図らずも握手を交わした寿明とウィンズレット侯爵に頰《ほお》を綻《ほころ》ばせた。寿明はブラックタイのボーイを呼び止め、人数分のシャンパンを用意させる。

それぞれの思いを込め、極上のシャンパンで乾杯した。

ウィンズレット侯爵の美術に関する造詣《ぞうけい》の深さに驚嘆していると、相良グループの会長に呼ばれる。

寿明はウィンズレット侯爵と黒木に断ってから、ロシアの大富豪に挨拶をした。典型的な大成金だ。

ウィンズレット侯爵が加わったら、英露戦争が勃発《ぼっぱつ》していたかもしれない。やっと切り上げられたと思えば、上海《シャンハイ》の大成金だ。こちらも絵画を投機の対象としている俗物だから、寿明の可憐《かれん》に整った顔が歪《ゆが》む。

不景気なのに金をかけて美術館をオープンして採算が取れるのか、と上海の大成金は馬鹿《ばか》にしたように訛《なま》りのきつい日本語で尋ねてくる。

「二階堂家と相良グループによる社会事業の一環です。利益に重きを置いていません」

寿明が作り笑顔で答えると、上海の大成金は『ｃｒａｚｙ』を連発した。おそらく、利潤を追求しない社会事業が理解できないのだろう。

寿明自身、この不況に大丈夫なのか、という不安がすこぶる大きい。そんな心の内を悟られたのか、上海の大成金は常設展に展示しているルーベンスの名画の値段を聞いてきた。誤魔化していると、三倍の値段で買い上げるという。

「二階堂美術館は画廊ではありません」

寿明がやんわり断っても、上海の大成金は食い下がった。ルーベンスの名画の値段が三倍になる。指が三本、立てられた。

「私は画商ではありません」

寿明の顔つきと声音が険しくなっても、上海の大成金はルーベンスに投機の魅力を感じたらしく、引き下がろうとはしない。四倍の意味で指が四本、立てられた。

「ミュージアムショップで複製画を販売しています。そちらをお求めください」

寿明の堪忍袋の緒が切れ、上海の大成金に向かって出入り口を指した時、シェイクスピアの舞台役者のように朗々とよく通る声が響いてきた。

「上海の実業家と東京ボーイの援交の交渉ですか？」

振り向けば、仕立てのいいスーツを貴公子然と着こなした絶世の美青年がいる。寿明がいやというぐらい知っている宋《そう》一族の総帥だ。

どうしてこんな時によりによって、と寿明は血の気を失う。東京に戻って以来、宋一族の影をいっさい感じなかったから油断していた。どこかで見張られているという予感はあったけれども。

何より、付近の高層ビル群の中には是枝《これえだ》不動産本社ビルがある。是枝リゾートや是枝物産などの系列会社の本社も入っていた。

「雅和《まさかず》会長、女の子に囲まれる仕事はどうしました？」

上海の大成金はいやみっぽく獅童《しどう》に返した。

やっぱり是枝グループの是枝雅和会長だったのか、と寿明は広間の女性の視線を一身に集める美青年に溜《た》め息《いき》をついた。

「娘さん、香港《ホンコン》のミッキーの腕にぶら下がってどこかに消えました。追わなくてもいいのですか？」

獅童が同情するように言うと、上海の大成金の顔色が変わった。

広報や営業の希望により、中華圏の入館者を取り込むため、ミッキーという香港の映画俳優を招待している。

「……ミッキー？　あの女癖の悪い香港の映画スターの？」

「ミッキーが娘婿になれば、いくら蓄財しても水泡と化す……」

獅童の言葉を聞き終える前に、上海の大成金は真っ赤な顔で秘書を怒鳴りつけた。そのまま消えた娘を追うようだ。

これで嵐《あらし》が去ったわけではない。

最大の嵐が目の前に悠然と立っている。

「館長、ご挨拶が遅れました。是枝グループの是枝雅和です。よろしくお願いします」

何も知らない者が見れば、大盗賊の首領は際立つ青年実業家だ。寿明の脳裏に展示されている芸術品がまざまざと蘇《よみがえ》る。

「……何をしにきた。さっさと帰れ……よ、ようこそいらしてくださいました」

寿明が途中で我に返って言い直すと、獅童は喉《のど》の奥で楽しそうに笑った。

「相変わらず、可愛《かわい》いな」

「……君が是枝家当主か」

寿明の記憶に間違いがなければ、二階堂家の当主と楽しそうに会談しているのは是枝不動産の社長だ。

「是枝家はこっちの仕事に関係ないから安心しろ」

「安心できるわけがないだろう」

「なんだよ。ここで仕事をしてほしいのか?」

「やめてくれ……って、うちにも誰か潜んでいるのか?」

寿明が悲痛な面持ちで尋ねると、獅童はシニカルに口元を緩めた。

「兎《うさぎ》が浮気しないか、見張らせている」

「……な、何が浮気……っ、今日は正道《まさみち》くんの関係で警察関係者も多い。せっかくの日に泥を塗りたくない」

寿明が険しい顔つきで追い払おうとした時、相良グループの会長が頰を紅潮させて近づいてきた。

「館長、なんだい。是枝会長と親しいのかい?」

「ちょっとした知り合いです」

「なら、話が早い。私の娘を是枝会長に紹介しておくれ。是枝会長は長らく体調を崩して、娘を会わせるチャンスがなかったんだ」

相良グループの会長の背後には、ベビーピンクのドレスに身を包んだ淑女がいた。美人女優の母親によく似た令嬢が、獅童に恋をしていることは一目でわかる。

……ああ、そういうことか、と寿明は冷静に獅童こと是枝グループの若き会長に花嫁候補を紹介する。

獅童はどこぞの王子様のようなムードを漂わせ、花嫁候補に挨拶をした。寿明に見せた傲岸不遜《ごうがんふそん》な態度は微塵《みじん》もない。

……おい、ちょっと待て、あれが獅童か、これが人を虫けらみたいに扱う大悪党か、と寿明は自分の目を疑う。

「館長、私の従姉《いとこ》の娘も紹介してくださいませ。雅和会長がこういった場にいらっしゃることは滅多にありませんの」

名取グループ会長も年頃の令嬢を連れ、寿明に紹介をねだる。確かめるまでもなく、こちらの淑《しと》やかな令嬢も是枝グループの会長に夢中だ。

もっとも、是枝グループの会長の花嫁候補はこれだけではない。あれよあれよという間に、両親や祖父母に連れられた若い令嬢が集まってきた。大輪の花に何羽《わ》もの蝶《ちょう》が群がっているような風景だ。

これ以上、関《かか》わりたくない、と寿明は名家の令嬢の集団からさりげなく離れた。獅童は王子様の仮面を被《かぶ》っているので呼び止めたりはしない。

結局、僕は断りきれずに館長としてオープンに携わってしまった。切羽詰まった状態だったから断れなかったけれども、僕がここにいては危ない。どうしよう、と寿明は愛想笑いを浮かべながら心の中で悩む。

獅童の出現で一気に現実に引き戻された感じだ。

「館長、伝統と今と未来を感じさせる空間ですね。月並みの言葉しか出ませんが、素晴らしい」

有名な美術大学の学長や教授たちの集団に挨拶し、美術愛好家として名高い芸能人たちの集団に一礼してから、続く大広間に進むと、獅童と同じぐらい女性から秋波を送られている金髪の二人組を見つける。一見、北欧系のファッションモデルかと思ったが、それにしては眼光が鋭い。宝石のような瞳なのに。

「館長、ニコライだよ。噂通り、兎みたいに可愛いね。メイドさんが似合いそうだ」

ニコライと名乗った金髪の美青年に驚愕《きょうがく》したが、寿明は感情を爆発させたりはしない。周囲を確認しながら館長として挨拶をした。

「……Ｍr.ニコライ？　よくいらっしゃいました」

「館長が女体盛りのサービスをしてよ」

今、女体盛りと言ったか、言ったのか、女体盛りって陰険な元上司が新人にさせようとして退職に追い込まれたのだよな、女性が夢見るような美形が女体盛り、と寿明は内心では仰天したが、全力を注いで自身を律した。海外に日本文化が歪曲《わいきょく》されて伝わっていることは知っている。

「日本語がお上手ですが、日本は初めてですか？」

「日本は藤堂《とうどう》の……」

ニコライの言葉を遮るように、銀髪に近い金髪の美形が冷徹な声で言い放った。

「ニコライ、無駄口を叩《たた》いている暇はない」

「ウラジーミル、だって兎が可愛い。獅童が恋に落ちたわけがわかるよ」

ニコライの口から自然に宋一族の総帥の名が飛びだし、寿明の背筋が凍りついた。ほかでもない、獅童は隣の広間にいる。

ニコライにウラジーミル、ロシア人か、ロシア系アメリカ人か、何者だ、と寿明はよく似た二人組の美青年を見上げた。ふたりの名前からロシア系だということはわかる。オープニングレセプションには、相良グループの仕事の関係でアメリカ関係者も多かった。

「兎、獅童に言え。うちから盗んだルーベンスの男と女の絵を返せ、とな」

ウラジーミルと呼ばれた氷のような美青年の背後に、猛吹雪が見えたような気がした。そんな季節ではないのに、寿明は肌寒さで震える。

「……なんのことでしょうか？　わかりかねます」

「誤魔化しても無駄だ。お前が獅童の愛人だと摑《つか》んでいる。うちから盗んだ絵を返せ」

グイッ、とウラジーミルに何かで腹部を突かれた。

……何かではない。

眞鍋《まなべ》の男たちが持っていた凶器。

拳銃《けんじゅう》だ、と寿明は気づいた瞬間、卒倒しかけたが、すんでのところで踏《ふ》み留《とど》まる。冷静に舌を動かした。

「警察官を呼びたくありません」

寿明は温和な声で諭すように、極寒の地を連想させる美形に言った。さしあたって、初日に揉《も》め事《ごと》は起こしたくない。

「呼んでいいぜ」

ウラジーミルの冷酷な目は、眞鍋組のサメを前にした獅童と同じだ。警備員や警察官に囲まれても平気だろう。たぶん、発砲する気だ。

「……私にはなんのことかわかりかねます。当人と話し合ってください」

ここで僕が動揺しても逆効果だと、寿明は平常心を保つ。ルーベンスの絵画が贋作《がんさく》だと知った時のショックに比べたらマシだ。自分が死ぬだけなのだから。

「兎を殺したら獅子《しし》は泣くな」

今にもトリガーが引かれそうだ。悪人面の大男が凄《すご》むより、冷徹な美形が凄むほうが恐ろしい。寿明は震えそうになる下肢に力を込め、官僚時代の態度でサラリと返した。

「兎が一匹消えても、獅子ならば痛くも痒《かゆ》くもないでしょう」

「お前を動かすには、ここを爆破すればいいか」

どうやら、ウラジーミルはいっさい怯《おび》えない寿明の弱点に気づいたらしい。

「どこのどなたか存じませんが、テロ行為には最も強い言葉で非難します。テロは何も生みだしません。あなたはご自分でご自分の死刑執行にサインする気ですか」

「俺はロシアン・マフィアのイジオットのウラジーミル」

ウラジーミルが素性を明かした瞬間、窓の向こう側から激烈な爆発音が響いてきた。ドカーン、と。

「……な、何ーっ？」

「……きゃーっ」

「テロリストですのーっ？」

一瞬にして、着飾った男女が歓談していた広間が大パニックの現場と化した。

セレブ夫人たちがヒステリックな悲鳴を上げ、出入り口に向かって走りだす。淑女はその場に崩れ落ち、警備員に縋《すが》っていた。

『皆様、ご安心ください。この二階堂美術館にはなんの異常もありません。ただいまの爆発音は近隣の事故だと思われます。落ち着いてください』

頼もしい警備責任者のアナウンスが流れ、広間にいた警備員たちも宥《なだ》めるように声を上げた。

「館長、近所にある是枝不動産の本社ビルにダンプカーを突っ込ませた。ついでにパイナップル弾をお見舞いした。獅童も覚悟しているはずだ」

ウラジーミルはなんでもないことのように淡々と言った。人命の重さを知らない冷血漢だ。

「……信じられない」

「獅童の愛人も覚悟してもらう」

ウラジーミルの腕が伸びてきたと思うや否や、荷物のように肩に担がれてしまった。大柄なロシア人にとって小柄な日本人は丸めた布団のようなものかもしれない。

「……な、何をするっ」

寿明が手足をバタつかせると、ニコライが宥めるように言った。

「おとなしくしていたら殺さないよ」

冗談じゃない、と寿明が恥も外聞も投げ捨てて警備員に助けを求めようとした瞬間、ニコライが満面の笑みを浮かべた。

「うわぁ〜っ、やっぱり愛人にはボディガードがついているんだね」

寿明が乾杯のためのシャンペンを用意させたボーイが、ニコライの前に立ちはだかる。有名な美術大学の学生が五人、寿明を担いだウラジーミルをぐるりと囲んだ。それぞれ、周囲に気づかれないように、隠し持っていた小刀を取りだす。

「兎を放せ」

「誰かな？　名前もわからない子とお話はしないよ」

ニコライが探るような目で言うと、ボーイに扮《ふん》していた宋一族の男は渋々といった調子で名乗った。

「豹童《ひょうどう》だ」

寿明が知っている宋一族の豹童は、ロシアン・マフィアのニコライも知っているらしい。したり顔でコクリと頷《うなず》いた。

「……ああ、獅童やダイアナがとっても信頼している部下だよね。いいよ。お話ししよう」

「ニコライ、兎に手を出すな」

豹童が低い声で凄むと、ニコライは肩を竦《すく》めた。

「兎はルーベンスのおっぱいの絵と交換」

「イワン雷帝の時代からロシアは田舎の野蛮人の集まりだな。こんなところで館長を誘拐したら大騒動だぜ」

「太祖以外、残念な皇帝だらけの宋王朝時代から宋一族は駄目だよね。こんなところに皇帝の初めての愛妾《あいしょう》を出しておくんだから」

豹童とニコライの嫌みの応酬に、口を挟む者はひとりもいない。ウラジーミルにいたっては寿明を担いだまま、獅童が花嫁候補に囲まれていた隣の広間に視線を流している。

「ニコライはウラジーミルよりまだ話がわかるはずだ。兎は放せ」

「ルーベンスのおっぱいの絵を返せよ」

「日を改めろ」

「そうだね。キャリアの正道クンがいるから今日はうるさい。またね」

ニコライの言葉に応じるかのように、ウラジーミルは寿明を床に下ろした。

すかさず、美大生に扮した宋一族のメンバーに、寿明は守るように囲まれる。守るから安心してね、と耳元で囁《ささや》かれた。

「是枝不動産本社への攻撃の詫《わ》びを用意しておけ。今、ダイアナが押さえ込んでいなければ、獅童がお前らにパイナップル弾を投げていた」

この場に獅童が飛び込まないことを感謝しろ、と豹童はトーンを落とした声で続けた。周りの宋一族のメンバーも威嚇するように相槌《あいづち》を打つ。

「ウラジーミルが是枝本家にバズーカ砲を撃ち込まないうちに帰るね」

ニコライは手を振りながら、ウラジーミルとともに悠然と立ち去る。宋一族の男が悔しそうに歯を嚙《か》み締《し》めた時、窓の外から再び凄《すさ》まじい爆発音が響いてきた。

「冬将軍、またやりやがった」

豹童が忌々しそうに舌打ちすると、一番背の高い男がｉＰａｄを見ながら否定した。

「……いや、今のは獅童がやり返したんだ。ウラジーミルとニコライが乗ってきたボルボを爆破した」

「獅童がブチ切れたらもっとひどくないか？　ここも火の海になっているだろ？」

「まず、獅子王を止めろ」

豹童を先頭に宋一族のメンバーたちは、隣の広間に吸い込まれるように入っていく。寿明をその場に残して。

いったいこれはどういうことだ。

九龍《クーロン》の大盗賊にロシアン・マフィアまで、と寿明は頭を抱え込んだが、そんな場合ではない。自分を取り戻すと、館長としての職務に奔走する。警備責任者は頼りになるし、警備員は言わずもがなスタッフは全員、感心するぐらい優秀だ。

「近所の是枝不動産本社ビルに居眠り運転のダンプカーが突っ込んだそうです。積み荷が爆発して被害が大きくなったようですが、二階堂美術館にはなんの被害もありません。是枝不動産ビルの出火も消し止められました」

警備責任者が説明すれば、誰も騒いだりはしない。

二階堂美術館はなんの被害もなく、落ち着きを取り戻した。寿明は謝罪しながら極上のシャンペンを振る舞う。

ちょうど、人の輪から離れたウィンズレット侯爵と目が合った。英国式庭園を望む窓辺でシャンペングラスを持つ姿はまさに最高級の芸術品だ。

「ウィンズレット侯爵、不快な思いをさせて申し訳ありません」

寿明が深々と頭を下げると、ウィンズレット侯爵は紳士然とした態度で言った。

「館長、不測の事態にも動じず、適切に対処する貴公とスタッフに敬意を払います」

ウィンズレット侯爵に労《ねぎら》われ、寿明は思いきり恐縮した。

「私は未熟です。お褒めの言葉はスタッフにいただきます」

「失礼を承知でお尋ねする。是枝グループの雅和会長と親しいのですか？」

ウィンズレット侯爵の質問に困惑したが、寿明は冷静に返事をした。

「ちょっとした知り合いです」

「イジオットのウラジーミルとも親しいのですか？」

清廉な名門貴族の口からロシアン・マフィアの名まで飛びだし、寿明の下肢が小刻みに震えたが、辛《かろ》うじて表情は崩さない。

「……先ほど、初めて会ったロシア人です」

「私は鑑定の仕事もしていますから、自分の目に自信があります。館長は犯罪者と懇意にするような人物ではない」

炯眼《けいがん》を持つ名門貴族に悪党の仲間だと誤解されたわけではない。寿明はほっと胸を撫《な》で下ろした。

「ありがとうございます」

「何かお困りのことがありましたら、いつでもご相談ください」

矜持《きょうじ》の高い英国貴族には、正義と美を愛する騎士道精神が流れているようだ。カーライル伯爵の策略から黒木画廊を救ったように、寿明も救おうとしているのだろうか。

「……では、こんなところでなんですが、教えてください。ロシアン・マフィアのイジオットとは、どのような組織ですか？」

この際、ウィンズレット侯爵に聞くしかない、と寿明は腹を括《くく》った。真《ま》っ直《す》ぐな目で英国貴族を見上げる。長身だが、百九十センチを超す獅童より身長が低い。

「イジオットはロシア革命で崩壊したロマノフ王朝の傍系の皇子が、帝政ロシアの復興を目指し、結成した組織です。今ではマフィアに成り下がり、ありとあらゆる犯罪に手を染めています」

世界的な規模で正規の仕事もしていますから注意なさい、とウィンズレット侯爵は淡々と続けた。感情はいっさい出ない。

「ウラジーミルは何者ですか？」

寿明は周囲の接し方でニコライよりウラジーミルの立場が強いと気づいた。

「ウラジーミルはイジオットのボスの長子であり、非道の限りを尽くす戦い方から『冬将軍』と呼ばれる後継者です」

寿明はウラジーミルの仇名《あだな》に納得してしまう。ナポレオンの世界征服を阻止するきっかけになった極寒のロシアそのものだ。

「……冬将軍……なるほど……」

「宋一族のボスも激しい。冬将軍と獅子が戦えば、東京は焼け野原になるでしょう」

当然のように、是枝グループの会長が九龍の大盗賊の首領だと知っている。明鏡止水を体現しているような紳士がどうして闇《やみ》社会に詳しいのか、寿明は素朴な疑問を抱いた。

「何故《なぜ》、ウィンズレット侯爵はそんなことをご存じなのですか？」

「芸術を守るためには、悪を知らなければ話になりません」

古今東西、至宝の美を悪用する輩《やから》は星の数より多い。闇を知らなければ、利用される危険もあるだろう。

「宋一族とイジオットは敵対しているのですか？」

「敵対しているわけではないが、同盟も結んでいないはずです」

端麗な青年貴族の言い回しから、眞鍋組と宋一族の関係を思いだす。仲はよくないが、戦争するほどでもない、と。

「どうすれば、宋一族とイジオットの戦いを止めることができますか？」

「マフィア同士の戦争に関わることは賢明な行為ではない」

「東京を焼け野原にしたくありません」

「第三国で戦争させればいい」

イジオットと宋一族が戦って、双方、滅亡すればいい。ウィンズレット侯爵のピーコックグリーンの目が雄弁に語っている。

「第三国が哀れです」

寿明が悲痛な面持ちで言うと、ウィンズレット侯爵は感心したように軽く頷いた。大国特有のエゴか、大貴族特有の考えか、第三国の被害について考慮しなかったらしい。

「未確認情報ですが、イジオット所有のルーベンスの大作が贋作にすり替わっていたそうです。イジオット側はなんの異変にも気づかなかったらしい」

「宋一族の仕業ですか？」

「美を愛する同志に告げる。覚えておきたまえ。世界広しといえども、そういった仕事を成し遂げるのは宋一族しかいない。宋一族の美学」

宋一族の美学、と寿明は噛み締めるように反芻《はんすう》する。確かに、ほかの怪盗グループとは格が違う。

「はい。覚えました」

「イジオットはロマノフのプライドにかけて、宋一族に報復するでしょう。どちらにせよ、衝突は免れない」

「……ロマノフのプライドですか」

外務省勤めの大学時代の同級生は、ロシアの不可解さにノイローゼに陥ったという。代議士の祖父や官僚の父も、ロシアには必要以上に神経を尖《とが》らせていた。

「ソビエト連邦が崩壊しても、誰も皇帝の復活を望まなかった。イジオットはロマノフの亡霊です」

「宋一族は？」

「宋王朝の趙《ちょう》一族の亡霊です。傍系の皇子に宋と名乗らせ、来《きた》るべき宋王朝の滅亡時に趙一族の血を伝える使命を課したそうです。即座に馬賊に成り下がったらしい」

英国の薔薇《ばら》戦争で家名をあげた侯爵家当主にとって、大盗賊に成り下がった宋一族は唾《だ》棄《き》すべき対象だ。

「宋王朝は北宋《ほくそう》が金《きん》に滅ぼされて、亡命政権の南宋《なんそう》も元《げん》のフビライ・ハンに滅ぼされて、元に明《みん》に清《しん》に、何度王朝が変わったか……」

寿明の脳裏に世界史の授業で習った中国史の興亡が蘇った。支配王朝が変わるたび、新旧交代の苛烈《かれつ》な粛清が行われている。日本史に見る生ぬるさは欠片《かけら》もない。

「宋一族はすでに皇帝の末裔《まつえい》ではなく、大盗賊の血を受け継ぐ極悪党です。総帥の姿に惑わされるなかれ」

「……っ」

寿明が息を呑《の》んだ時、プシューーッ、という不気味な音が鳴り響いた。

パリンッ、とウィンズレット侯爵が手にしていたシャンペングラスが割れる。

いったい何事があったのか、寿明はまったくわからない。

ただ、高貴な英国紳士は何事もなかったように、割れたシャンペングラスのステムを

持って佇《たたず》んでいる。

「宋一族の警告でしょう。イジオットならばこの時点で私の心臓を狙《ねら》います」

ウィンズレット侯爵は開け放たれた窓の外に視線を流した。青い空の下に広がる英国式庭園は着飾った男女で溢《あふ》れている。

「……だ、大丈夫ですか?」

寿明は恐怖で震えつつ、ウィンズレット侯爵の無事を確かめた。被害はシャンペングラスだけだ。

「館長、落ち着きたまえ」

こんな時でも泰然としている青年貴族の高い自尊心には感心する。

「警察に通報します」

獅童なのか、獅童だったら許せない、と寿明は全身を怒りで震わせた。警視総監候補の正道が外務省の高官と一緒にいるからちょうどいい。正道ならば相手が誰であれ、怯《ひる》んだりしないはずだ。

「通報するだけ無駄です。私に被害はありません」

不幸中の幸い、誰にも狙撃《そげき》は気づかれていないが、立場上、寿明は見過ごせない。

「……ですが、このままにしておけない」

「割れたグラスの処理をお願いします」

公にするな、というウィンズレット侯爵の有無を言わせぬ静かな迫力に負けた。折れるしかない。

「かしこまりました」

寿明が呼ぶ前に、スタッフがやってきて割れたグラスを片づける。二階堂家当主と歓談していた英国大使館の外交官も近寄ってきたから、これでウィンズレット侯爵との内々の話は終了だ。

初日からとんでもない。

今後を考えると恐ろしいが、今の寿明には悩む間もなかった。館長としてやらなければならないことはまだまだ残っている。

6

翌日、オープン二日目は何事もなく始まって終わった。三日目も四日目も無事に終わり、宋《そう》一族関係者もイジオット関係者も現れなかった。けれど、寿明《としあき》は安心できない。

ダイアナが経営していた中華料理店と是枝《これえだ》不動産所有の青山のビルで火事、是枝興業所有の名古屋ビルが倒壊、是枝リゾートの北海道《ほっかいどう》のロッジがガス爆発、ホテル・コレエで宿泊客による乱射事件、是枝物産のパリ支店が正体不明の団体による襲撃、是枝グループ系列で凄惨《せいさん》な事件が勃発《ぼっぱつ》している。

「是枝グループは災難続きですね」

警備責任者が同情すると、ベテラン学芸員がネットニュースを眺めながら言った。

「ロシア系の店も何かに祟《たた》られたように火事やガス爆発です。いったいどうなっているんでしょう」

ベテラン学芸員に呼応するように、警備責任者がしみじみと言った。

「……ああ、ロシア？　六本木のロシア料理店に渋谷のロシア料理店に新宿のロシアン・パブが火事で、ロシア人オーナーのマンションが倒壊、横浜港に停泊中のロシア籍の船が重油漏れ……まだまだあったよな？」

「ロシア人の売春グループが集団自殺、ロシア人の麻薬密売組織は摘発……ロシアの半グレと香港《ホンコン》系半グレの大決闘で送検……うわぁ……物騒な……」

警備責任者やベテラン学芸員は、事故や事件が偶然重なったと思っている。だが、寿明には手に取るようにわかる。

宋一族とイジオットの戦争だ、と寿明は背筋を凍らせたが明かすことはできない。館長としての業務を終わらせ、二十四時間体制のセキュリティが敷かれている二階堂《にかいどう》美術館を後にした。

錚々《そうそう》たる企業の高層ビル群にあえて作った美術館は異彩を放っている。英国風の洋館に合わせて作った英国式庭園もライトアップし、幻想的な美しさを演出していた。美術館はクローズしても、併設しているカフェレストランは営業中だ。企画展をテーマにしたメニューを提供し、早くも三ヵ月先まで一気に予約が埋まるほど評判がいい。閑古鳥が鳴くようだったら家族や親戚《しんせき》、数少ない友人や知人をポケットマネーで招待するつもりだったが、その必要はなさそうだ。

クラシカルな細工の扉が開いた途端、黒いスーツに身を包んだ屈強な男が現れた。目の錯覚だと思った。

「寿明さん、ご無沙汰《ぶさた》しております」

かつて鬼神と称《たた》えられた高徳護国《たかとくごこく》流の次男坊が深々と腰を折る。寿明の黒曜石のような目が瞬時に潤んだ。

「……よ、義信《よしのぶ》殿？」

思わず、寿明の白い手が確かめるように伸びた。

「松本力也《まつもとりきや》です。リキ、とお呼びください」

獅童《しどう》の変装ではないのか、と寿明は調べるようにリキの削《そ》げた頬《ほお》に触れた。耳も引っ張るが、特殊メイクが施された形跡はない。

「……リ、リキ？　リキくん？　あの松本力也くん？　いつも明るくて元気で面白い力也くん？」

無敵の剣士に爽《さわ》やかさは微塵《みじん》もなく、悲しいまでの迫力が漲《みなぎ》っている。アルマーニの黒いスーツには金バッジが堂々とつけられていた。

「はい、リキです」

「……き、君にその名は似合わない」

寿明が嗚咽《おえつ》を零《こぼ》すと、リキは伏し目がちに詫《わ》びた。

「申し訳ない」

「今でも君は高徳護国流の誇りです。僕は君が竹刀《しない》を握る姿に胸を打たれた。忘れないでほしい」

むんずっ、と寿明はリキこと義信の胸についている金バッジを摑《つか》んだ。外そうとしたが、すんでのところで思《おも》い留《とど》まる。

「俺は高徳護国の名を捨てました。義信のことは忘れてください」

リキは在りし日と同じように、苦行僧のような顔で淡々と言った。背中に重い十字架が見えるのは目の錯覚ではないだろう。

「僕、初めて次期殿の気持ちがわかりました」

寿明は晴信《はるのぶ》の二歳下の異母弟に対する執着を理解した。こんな鬼神を見れば、流すことができない。

「不肖の異母兄がご迷惑をおかけしましたが、その話のために顔を出したわけではありません」

「そうだね。君も次期殿と同じぐらい芸術に疎かったはず……どうしてこんなところに？」

「折り入ってお話があります。よろしいでしょうか」

二階堂美術館に併設されているクラシカルなカフェに促されて、寿明は思いきり面食らった。

「……え？　このカフェで？」

「席を用意しています」

果たせるかな、リキは古き良き大英帝国時代を思わせる店内の奥まったところにあるテーブルを予約していた。壁に盗聴器が仕掛けられていない限り、会話が漏れることはないはずだ。すでに白いスーツに身を包んだ秀麗な紳士がいるが、テーブルに飾られた純白の薔薇《ばら》がよく似合う。

「寿明さん、彼はこの世でただひとり、イジオットのウラジーミルを抑えられる人物です。ウラジーミルがブチ切れたらボスでも抑えられない」

リキが抑揚のない声で紹介した藤堂和真《とうどうかずま》という紳士に戸惑う。寿明はまじまじと見つめてしまった。

「イジオットの冬将軍を抑えられる藤堂和真さん？」

あのすべてを凍りつかせるような冬将軍をどうやって制御するのだろう。寿明は予想さえできない。

「眞鍋《まなべ》の虎《とら》のご紹介に戸惑いますが、藤堂和真と申します。時間がありませんので、本題に入りたい」

藤堂は上品な容姿にマッチする声音で切りだした。

「……はい」

「その前にオーダーを」

寿明のオーダーはイルガチェフェ産のモカのストレートだ。ブラックタイのスタッフがチョコレートを添えたモカを運んできた後、藤堂がおもむろに口を開いた。

「館長は獅童を愛していますか？」

想定外の質問に対し、寿明は手にしたコーヒーカップを落としそうになった。リキの周りの空気がなんともはや重苦しい。

「……い、いいえっ」

寿明が慌てて首を振ると、藤堂は切なそうに目を細めた。

「獅童に無理やり愛人にさせられたのですか？」

「愛人ではありません」

寿明が掠《かす》れた声で否定すると、藤堂は優しい声音で宥《なだ》めるように言った。

「眞鍋のサメの調査によれば、館長は獅童に乱暴され、動画を撮影され、脅迫されているとのことですが、犯罪には加担していませんね」

諜報《ちょうほう》部隊を率いるサメといえば、寿明の記憶に新しい不気味な男である。優秀であることはわかっていたが、的確に調査しているようだ。

「僕は犯罪行為には加担しない」

「眞鍋の虎が館長を心配し、俺に話を持ちかけてきました。俺も館長をお助けしたい」

藤堂は苦行僧の如《ごと》きリキに視線を流してから寿明に優しく微笑《ほほえ》んだ。今回のセッティングは剣道の申し子によるものらしい。

「……え？　義信殿……っと、リキくんが？」

照れているのか、リキは寿明と目を合わせようともしない。藤堂は苦笑を漏らしつつ、自身と眞鍋組の立場を明かした。

「俺はイジオットと宋一族の全面戦争を止めたい。イジオットと宋一族の戦争は眞鍋組も巻き込まれるから止めたい。利害が一致しました」

「僕も被害者が出る戦争とやらには反対します」

今の時点でも甚大な被害が出ているはずだ。なんの罪もない人も巻き込まれているに違いない。

「宋一族がイジオットから盗みだしたルーベンスの『太陽神と月の女神』を返却してください。そうすれば戦争は回避できます」

藤堂が口にしたルーベンスの絵画に寿明は引っかかった。

「ルーベンスの『太陽神と月の女神』ですか？　エルミタージュ美術館に所蔵されている名画でしょう？」

欧州の列強各国に比べ、隆盛を誇ったロシアの夜明けは遅かった。美術後進国だったロシアを美術大国に推進したきっかけを作ったのは、エカテリーナ二世によるエルミタージュだ。今ではルーブル美術館やプラド美術館に並び称されるまでになった。

「エルミタージュ美術館で展示されている『太陽神と月の女神』は贋作《がんさく》です。革命の動乱期に当時の傍系にあたるロマノフ皇子の側近が精巧な贋作とすり替えたのです」

革命によって国がどれだけ荒れるか、説明されなくても理解できる。ありえない話ではない。

「……では、イジオットが所蔵していた本物の『太陽神と月の女神』を宋一族が贋作とすり替えたのですね……イジオットに宋一族のメンバーが潜んでいたのですか？」

「贋作と判明した時点で、宋一族に籠絡《ろうらく》されたイジオットのメンバーを粛清しました。けれど、本物は戻らない。イジオットはロマノフのプライドにかけ、ルーベンスの大作を取り戻します」

取り戻さなければイジオットが崩壊する、と藤堂は真摯《しんし》な目でロシアン・マフィアの内情を明かした。

「僕にどうしろ、と？」

寿明が真顔で尋ねると、藤堂は悠然と微笑む。どこかウィンズレット侯爵を思いださせるムードだ。

「話が早い。イジオットの至宝を返却するように獅子王《ししおう》を説得してほしい」

「僕には無理です」

寿明が手を振ると、藤堂は楽しそうに頬を緩めた。

「獅子王は館長に恋をしました。館長ならば獅子王の意志を変えられます」

「……あれが僕に恋をした態度ですか？」

獅童本人からではないが、遅い初恋だと聞いた。

告白らしき言葉も聞いた。

何度も何度も苦しいキスをされた。

何度も何度も壊されると思うぐらいきつく抱き締められた。

それでも、寿明は今でも信じられない。信じたくないのかもしれないが、心には妙な棘《とげ》が何本も突き刺さっている。

獅童を瞼《まぶた》に浮かべただけで、心臓の鼓動が速くなるから異常だ。再就職の際、受けた健康診断では健常だったけれども。

「遅い思春期を迎えたらあんなものです。今まで自分から誰かを口説いたこともなかったでしょうから」

「……僕には説得するセリフも思いつかない」

寿明が溜《た》め息《いき》混じりに零すと、藤堂は料理を運ぶブラックタイのスタッフにさりげなく視線を流した。

「今も宋一族にマークされていることはご存じですか？」

「……なんとなく」

「カフェのスタッフが三人、宋一族のメンバーです。今夜中に獅童からなんらかのコンタクトが館長にあるでしょう。イジオットとの戦争をやめてほしい、と館長が獅子王に頼んでくだされればそれですむ」

藤堂の涼やかな目は、キャッシャーに立つ若いスタッフやワイングラスを運ぶスタッフにも注がれた。察するに、彼らが宋一族のメンバーなのだろう。

「それですみますか？」

「賭《か》けてもいい。館長のお願いを思春期の獅子王は無視できない」

「……う……宋一族がイジオットにルーベンスの大作を返却しなければ戦争でしょう？」

「館長が頼めば、宋一族の本拠地にあるコレクションルームに収めたルーベンスを返却します」

宋一族の本拠地は摑んだがコレクションルームまでは辿《たど》り着けない、殺される、無謀なミッションは断る、という報告書をリキが無言で差しだす。『サメ』という手書きのサインが記されているから、諜報部隊を率いるサメの報告書だろうか。

「どうして、断言できますか？」

「あのような獅子王は初めてですから」

藤堂はどこか遠い目で微笑むと、リキが苦行僧のような顔で口を挟んだ。

「藤堂さん、サメから連絡だ。これ以上、桐嶋《きりしま》組長を誤魔化せないから戻ってくれ」

「館長、俺はこれで失礼します。俺の今の言葉は寡黙な鬼神の言葉だと思ってください」

藤堂はスマートな仕草で一礼すると、椅子《いす》から立ち上がった。英国紳士を彷彿《ほうふつ》させる態度でカフェから出ていく。

純白の薔薇が飾られたテーブルには、寿明とリキが残された。

一瞬、ふたりの間に沈黙が流れる。どちらもこんな再会をするとは思っていなかったのだろう。今でも寿明は背中に極彩色の虎を彫ったという次男坊が悲しくてならない。

だが、寿明以上にリキは辛《つら》そうだった。

「寿明さん、獅子の魔の手から救いだす。それまで耐えてください」

リキはだいぶ寿明の身上に胸を痛めているようだ。寿明は門人を大切にする高徳護国宗家の家風を実感する。

あの時、正道《まさみち》から眞鍋組について聞いた後、すぐに最強の剣士を頼っていたら、結果は変わっていたのかもしれない。

「僕の死相は鬼怒川《きぬがわ》で次期殿に消されました。自殺は考えていない」

「動画の在《あ》り処《か》を調べさせています。任せてください」

「君はヤクザになっても昔と変わらない。次期殿が諦《あきら》められない理由がよくわかる」

首に縄をつけて日光の宗家に連れていきたいのは次期殿じゃなくて義信殿だ、と寿明は痛切に感じる。

「寿明さんまでやめてください……そろそろタイムリミットです。獅子にここを爆破されないうちに出ましょう」

　リキの淡々とした口調には、宋一族の若き首領に対する並々ならぬ警戒心が含まれていた。

「獅童はそんなに狂暴ですか？」

「はい。イジオットのヴェネツィアのカジノとナポリのアジトが獅童の部下に爆破されました」

　想定外の獅童の過激さに、寿明は顎《あご》を外しかけた。

「……カ、カジノの爆破？」

「今、イジオットのパリのアジトが爆破された模様」

　リキはｉＰａｄを眺めつつ、鉄仮面を被《かぶ》ったままの顔で言った。寿明の顎はさらにガクガクする。

「……パ、パ、パリ？　……芸術の都のアジトを爆破？」

「宋一族は物事を荒立てない主義でしたが、新しくトップに立った獅子は違う。気をつけてください」

　リキに促されて寿明は椅子から立ち上がる。どのスタッフも宋一族のメンバーに見えてくるから異常だ。

「館長、お疲れ様でした」

　カフェのマネージャーに挨拶《あいさつ》され、寿明は満面の笑みを浮かべる。

「感じがいいスタッフばかりです。美味《おい》しいコーヒーがさらに美味しくいただける。褒めてあげてください」

「館長にそう言っていただけたら嬉《うれ》しい。ミーティングで褒めておきます」

評判のいいマネージャーは宋一族と無関係であってほしいな、と寿明は横目でリキを見上げたが、カチンコチンの無表情だからなんの感情も読み取れない。それでも、リキが守るように立ち位置を考えていることはわかる。

周囲に気を配りながら、カフェから出た。

その途端。

プシューッ、と聞き覚えのある不気味な音が響き渡る。リキの表情はまったく変わらないが、生々しい血の臭《にお》いが漂ってきた。

どこの血だ？

僕じゃない、と寿明は隣の雄々しい男を見上げた。

「……よ、義信殿？」

注意して見れば、黒いスーツに血が滲《にじ》んでいる。

「獅子らしい挨拶です。気にせずにお帰りください」

リキはいつもと同じように冷静沈着だが、流れる血は止まらない。寿明は真っ青な顔で声を張り上げた。

「救急車っ」

「寿明さん、獅子を挑発しないでください。これくらいなんでもありません」

リキは狙撃《そげき》された鳩尾《みぞおち》を手で押さえつつ、鉄仮面を被ったまま一礼した。そうして、目の前に停車した黒塗りのジャガーに乗り込む。別れの挨拶は「送れずに申し訳ない」だ。

これらは一瞬の出来事だった。

リキを乗せた車は瞬く間に見えなくなる。

二発目の狙撃はない。

寿明にはなんの攻撃もない。

夢としか思えないような一時だった。

「……う、嘘《うそ》みたい……嘘みたいだけど現実……」

人が狙撃されても、都心の一等地は何事もなかったかのように人が行き交う。カフェの年代を感じさせる扉も閉じられたままだ。

ここで僕が暴れても仕方がない、と寿明は自分を落ち着かせるように夜の帳《とばり》に覆われた二階堂美術館を見上げた。

意を決し、近所にある是枝不動産本社ビルに足を延ばす。

先日の事故の痕跡《こんせき》はすでになく、ライトが点《つ》き、ネクタイを締めたサラリーマンが足早に出入りしている。是枝不動産の社章をつけたスタッフと擦れ違ったが、九龍《クーロン》の大盗賊のムードは微塵もなかった。もっとも、獅童にしろ豹童《ひょうどう》にしろダイアナにしろ、変装されていたらわからない。

義信殿に何かあったら許さない。

荒っぽいことはやめてくれ、と寿明は心の中で祈りながら是枝不動産本社ビルから立ち去った。


何事もなく、館長の寮として用意されたマンションに帰る。玄関のドアを開け、三和土《たたき》に祖母の草履を見つけた。フローリングの廊下の先、リビングダイニングルームから人の気配がする。

「寿明くん、お帰りなさい。お祖父《じい》ちゃんと一緒に選挙の応援に行って、喉《のど》を痛めてしまったの。声がおかしいのは許してね」

祖母は珍しくマスクをして、リビングの奥にあるダイニングルームのテーブルに夕食を並べている。寿明が好きな具だくさんの味噌汁《みそしる》と西京漬けの鰆《さわら》だ。

「お祖母《ばあ》ちゃん、苦しそうな声だね。大丈夫？」

寿明がネクタイを緩めながら聞くと、祖母はテーブルに白米を盛った茶碗《ちゃわん》を置きながら答えた。

「大丈夫よ。それより、寿明くんにとってもいいお話を持ってきたの。まず、座って、ご飯を食べてちょうだい」

用意された温かなおしぼりで、寿明は手を拭《ふ》いた。手触りのいい日本製のタオルは緒形《おがた》一族の愛用品だ。

「……いい話？」

寿明は湯気が立つ白米と味噌汁の傍らに、積まれた見合い写真や釣書を見つけた。喉を痛めてもやってきた理由は明白だ。

「寿明くんの立派なお仕事ぶりが認められたのね。私《わたし》もお祖父ちゃんも鼻が高いわ。相良《さがら》会長や二階堂家、名取《なとり》家からもいいお話をいただいたのよ」

「見合いはしない」

寿明は祖母とは視線を合わさず、手を合わせてから、味噌汁に箸《はし》を伸ばした。この際、夕食に逃げるしかない。

「館長ともなれば独身ではいられないわ。それでなくても寿明くんは可愛《かわい》すぎるから甘く見られちゃうし、少しでも貫禄《かんろく》をつけるためにお嫁さんが必要よ」

「当分の間、結婚はしない」

「好きな人がいるの？」

祖母にまじまじと顔を覗《のぞ》き込まれた瞬間、寿明の眼底に傲岸不遜《ごうがんふそん》な大悪党が浮かぶ。慌てて打ち消すように、温かな味噌汁を口にした。いつもより塩辛く感じるのは気のせいだろう。

「……いない」

寿明が掠れた声で言うと、祖母は見合い写真を開いた。昨日のオープニングのパーティで、獅童に見惚《みと》れていた令嬢のひとりだ。

「じゃあ、このお嬢さんはどう?」

「断る」

「このお嬢さんにする?」

祖母が手にした見合い写真には、昨日のパーティで獅童を追いかけていた美人令嬢が写っていた。

「断る」

「この子にしましょう」

グイッ、と祖母が自信ありげに差しだした見合い写真に、寿明は箸を落とした。何せ、是枝グループ会長が貴公子然とした笑みを浮かべている。釣書も立派だ。ただ、両親は亡くなり、姉は早世し、家族は各界に偉人を輩出した名門大学に在学中の弟がひとり。

「……獅童?」

マスクをした祖母にしか見えないが祖母じゃない。祖母に扮《ふん》した宋一族の首領だ。あの大男がどうやって小柄な祖母に化けられたのか。小柄な女性は絶対に無理だと思っていたから油断した。

フリルの大きなエプロンか、テーブルか、身体《からだ》を捻《ひね》っていたよな、と寿明は肩にフリルがついたエプロンやテーブルを駆使して体格を誤魔化していたことに気づく。喉を痛めたという嘘やマスク、いつもより塩辛い料理の味付けにも納得した。

「すぐにバレると思った」

獅童はマスクを外し、祖母そっくりの顔で肩を竦《すく》めた。表情や雰囲気は傲慢《ごうまん》な帝王だ。

「そんなに暇なのか?」

イジオットとやり合っている最中じゃないのか、と寿明は神出鬼没の大悪党に顔を歪《ゆが》めた。最愛の祖母に化けるのはやめてほしい。

「実際、これだけの見合いが館長に持ち込まれている。三日以内にお祖母さんが館長を突撃するはずだ」

獅童は憎々しげに見合い写真の束を指すと、クルリと背中を向けて、顔をタオルで強く擦《こす》った。ウィッグや簪《かんざし》、エプロンも外す。

「僕にそんな気はない」

「俺も見合いはさせない」

振り返ると、数多《あまた》の淑女を虜《とりこ》にした是枝グループの若き会長がいた。慣れた手つきで、帯を解く。下に着込んでいたのは黒の上下だ。

「君が夕食を作ったのか？」

寿明が箸を置くと、獅童はシニカルに口元を緩めた。

「豹童が作った。毒は入れていない」

「さっき、義信殿を狙撃したのは君か？」

寿明が険しい顔つきで尋ねると、獅童は不遜な態度で言い放った。

「あれは眞鍋の虎だ。俺の女に近づいたらどうなるか、覚悟しているさ。狸《たぬき》騒動で大変なくせによくも……」

寿明は獅童の言葉を遮るように言い返した。

「……だ、誰が女？」

やめてくれ、と寿明が頬を引《ひ》き攣《つ》らせると、獅童は不可解そうに首を傾《かし》げた。

「兎《うさぎ》、ウラジーミルの愛人に会ったんだろう。俺に対する態度を教えられたはずだぜ」

イジオットの大幹部の愛人ならばどんな美女だろう。オープニングからここ数日間、圧倒的な美女を何人も見た。

「ウラジーミルの愛人？　そんな女性には会っていないが……会っているのか？　パーティに参加したモデルの中にいたのか？」

「藤堂だ」

　一瞬、寿明は聞き間違えたと思って自分の耳を疑う。

「……え？　今日、会った藤堂和真さん？」

　氷のようなウラジーミルと繊細そうな藤堂を並べたが、どうしたって考えられない。マフィアに脅される善良な紳士だ。

「藤堂はロマノフの白クマが初めて囲った愛人だ。中国人の美女だという噂《うわさ》が流れているけれど、元ヤクザの日本人だぜ」

　獅童が感情を込めずに語った藤堂の前職が信じられない。思わず、寿明は椅子から転げ落ちそうになった。

「……ええ？　あの上品な紳士が元ヤクザ？」

　無敵の剣士の極道姿がしっくり馴染《なじ》んでいただけに、どんなに妄想力を逞《たくま》しく働かせても、極道としての藤堂が想像できない。

「藤堂組の初代組長といえば、小汚さで定評があった新興ヤクザだ。眞鍋組との戦争に負けて、逃げたウィーンでロマノフの白クマに捕獲された。ロマノフの皇帝が愛人に与えた城に囲われていたぜ」

　ポンッ、と寿明はテーブルを手で叩《たた》いた。先日の眞鍋組の狸駆け落ち云々《うんぬん》の話といい、あまりにもひどすぎる。

「作り話はそこまでにしてほしい」

「事実だ」

「事実なら僕の許容範囲を超えてる」

寿明がこめかみを揉《も》むと、獅童は腹立たしそうに言った。

「……おい、さっさと俺に媚《こ》びを売れ」

「どうして、僕がそんなことをしなきゃならない」

「お前、俺にどうするべきか、藤堂に言われただろう?」

「イジオットとの戦争はやめなさい」

寿明が凛《りん》とした態度で言うと、獅童は唖然《あぜん》とした面持ちを浮かべた。心の底から呆《あき》れているようだ。

「もうちょっと言いようがあるだろう」

「昨日から今日にかけて、どれだけ被害が出た?」

イジオットの苛烈《かれつ》な攻撃に、宋一族も無傷ではいられないはずだ。発表されているより、被害は大きかったと踏んでいる。

「死傷者の数は同じぐらい……」

獅童の言葉を遮るように、寿明は立ち上がってテーブルを激しく叩いた。

「君も一族の長ならば死傷者をひとりも出すなっ」

「いい度胸だな。俺を怒りやがった」

獅童は不敵な笑みを浮かべ、喉の奥だけで笑う。

「当たり前だ。犯罪者は嫌いだが、死ねとは思わない。君も組織のトップなら、部下の幸せを考えなさい。部下の血を一滴も流してはいけない」

高徳護国流では宗主以下、師範代には別《わ》け隔てなく力強い愛を持って指導された。祖父や父が熾烈《しれつ》な世界で生き残っているのも、部下を大切にしたからだ。寿明はそのように教えられた。

「じゃ、宥めろ」

獅童は強引な手つきで寿明の腰を抱くと、リビングルームの奥にあるベッドルームに進んだ。

「……僕が？」

寿明はどんなに抗《あらが》っても引《ひ》きずられてしまう。

「ほかに誰がいる」

「……え？」

ドサッ、と寿明は荷物のように白いシーツの波間に沈められる。すぐに獅童が覆《おお》い被さってきた。

重いけれども、押《お》し潰《つぶ》されるほどではない。

「ほら、さっさと俺を宥めろ」

娼婦《しょうふ》にでもなったような気分だ。遅い思春期を迎えたと藤堂から聞いたが、獅童の横柄な視線や声音には呆れる。つい、寿明は胡乱《うろん》な目で確かめてしまった。

「君、本当に僕のことが好きなのか？」

寿明は教科書に載っていた文豪による文学小説で、恋というものを知った。獅童の態度は恋をする者のそれではない。

「あのな、兎じゃなかったら三分前に焼き殺しているぜ」

カプッ、と獅童に耳朶《じだ》を嚙《か》まれ、寿明は肩を竦ませた。若い男の癖なのか、今までに何度も嚙まれ、それが行為への合図になっている。

「火事とガス爆発はやめよう。焼き殺すなら僕だけにしてほしい」

「誰がそんなもったいないことをするか」

「もう戦争は終わりだ。イジオットにルーベンスの『太陽神と月の女神』を返せ」

それ以外に手はない、と寿明は宥めるように獅童の胸を叩いた。ロマノフの秘宝はロマノフに返却したほうがいい。

「俺の女の言うことなら聞いてやる」

獅童はふてくされた子供のような顔でポツリと言った。

「……君」

寿明は是枝グループ会長の実年齢を思いだす。公表されている年齢に偽りがなければ、二十七歳だったはずだ。自分の仕事漬けの二十七歳当時と比べたが、立場があまりにも違いすぎる。

「俺のものじゃない奴《やつ》のことを誰が聞くか」

奇跡でも起こせない限り、獅童の意志を曲げるのは無理だ。カフェで再会した最強の男やイジオットの愛人だという藤堂の言葉も蘇《よみがえ》った。

「……イジオットに返却したら」

考えてもいい、と寿明は視線を逸《そ》らしながら小声で続けた。ここで宋一族のトップの機嫌を損ねたら終わりだ。それだけはなんとなくわかる。

「イジオットにルーベンスの絵を返したら俺の女になるか？」

獅童は寿明の曖昧《あいまい》な言葉に不服らしく、刺々《とげとげ》しい声音で確かめるように言い放った。乱暴な手つきで寿明のネクタイを緩め、引き抜く。

「……まず、イジオットに返却してほしい」

寿明が壁にかけたアントワープの風景画を眺めながら言うと、獅童は忌々《いまいま》しそうにシャツのボタンを引きちぎった。

「ちゃんと俺に誓え」

顎を右手で摑まれ、強引に視線を合わせられる。

「そういや、前の誓い、騙《だま》されているんだよな」

寿明の顎を摑む獅童の大きな手に怒りが込められた。宋一族の仲間になるという誓いを立て、寿明はルーベンスの名画を取り返したのだ。最初から、大盗賊のメンバーになるつもりは毛頭なかった。

「……う」

「可愛い顔をして、嘘つきなんだよな」

寿明の顎を摑んだまま、唇にキスを落とす。意外にも触れるだけの優しいキスだ。双眸《そうぼう》にも手にも怒気が込められているのに。

「……その」

「学生時代は嘘がつけずに、周りから浮いてたくせに」

獅童は学生時代に言及しながらベルトを緩め、音を立てながらファスナーを下げる。寿明は咄嗟《とっさ》に手でガードしたが無駄な抵抗だ。

「……あっ」

「官僚時代はお世辞も嘘も言えなくて、上司にも嫌われたくせに」

物凄《ものすご》い勢いで下着とズボンが膝《ひざ》まで引きずり下ろされる。剝《む》きだしになった分身を握られ、寿明は上ずった声を上げた。

「……あっ……」

「……やっ……」

　ぶわっ、と呆気《あっけ》ないぐらい火がついた。

「強情なのに身体は素直だよな」

　分身を揉《も》み扱《しご》かれ、寿明は下肢を捩《よじ》って拒もうとした。膝で引っかかっている下着とズボンが拘束具のようになり、望む身動きが取れない。

「……やっ……や……ぼ、僕は仕事から帰ってきたばかりだし……」

「ふたりで入るにはここの風呂《ふろ》は狭いぜ」

　分身から大きな手が離れたと思えば、双丘の割れ目を煽《あお》るように辿られ、寿明の下肢が飛び跳ねる。

「……そ、そこは触らないでくれっ」

　寿明の目は早くも潤み、白い頬は朱に染まった。こんなに感じてしまう自分の身体が信じられない。何せ、今まで自分は淡泊だと思っていた。

「触らないとできないだろう」

　獅童に喉の奥で笑われ、寿明は羞恥心《しゅうちしん》でいっぱいになる。

「……うっ……」

「よくも眞鍋の虎なんかに可愛い笑顔を向けやがって」

　どうやら、獅童は眞鍋組のリキに対する態度が気にくわないらしい。寿明は遅い思春期を迎えたという獅子王の怒りの原因に気づいた。

「……も、もしかして、妬《や》いているのか？」

「黙れ」

図星だったらしく、物凄い勢いで身体をひっくり返された。シーツに顔を埋め、剝きだしの臀部《でんぶ》を獅童の目に晒《さら》す。膝で下着とズボンが引っかかっているままだから、思うような身動きが取れない。そのうえ、シーツと鳩尾の間に枕《まくら》を挟まれる。

「……やっ……ああっ……」

ペロリ、と双丘の割れ目を舌で辿られ、寿明の羞恥心がいっそう増した。枕の分だけ、臀部が盛り上がっているからなおさらだ。

「名作とやらよりいい絵だぜ」

どんなふうに獅童の目に映っているのか、寿明は考えただけで憤死しそうだ。全裸より卑猥《ひわい》な構図かもしれない。

「……や、やめっ」

「ルーベンスのダイナミックな構図とやらでも比較にならない」

ペチャペチャペチャ、と若き帝王はわざと音を立てて秘部を舐《な》め回している。なんの躊躇《ためら》いもない。寿明は救いを求めるように枕元に置いていた美術誌を摑んだ。

「……や、や、変態っ」

体勢と肌に走る愉悦により、摑んだ美術誌を無体な男に投げることもできない。口を動かすしかなかった。

「英国系宋一族の男は二種類、変態と変人だ。俺は鞭《むち》とバイブを持っていないから後者だな」

英国系宋一族の若き獅子の言葉に、寿明の手から自然に美術誌が離れる。

「……げっ」

「兎を鞭で打っても面白くない」

「……も、もうっ」

寿明の声が合図になったのか、獅童の大きな手によって、膝に引っかかっていた下着とズボンを引きずり下ろされた。無用とばかり、フローリングの床に放り投げる。

「ウィンズレットの侯爵サマは不感症の不能だ。可愛い顔で尊敬する馬鹿《ばか》がどこにいる」

カプッ、と獅童に双丘を嚙まれ、寿明は大粒の涙をポロポロと零した。下肢から力が抜けていくが、なんとなく遅い思春期を迎えたという男の心情に気づいた。

「……あっ……侯爵にも妬いているのか」

寿明が嬌声《きょうせい》混じりの声で指摘すると、獅童は肯定も否定もしない。ただ、秘部への執《しつ》拗《よう》な愛撫《あいぶ》は続けられた。

「ロシアの白クマに抱かれるな」

秘孔に言い聞かせるように命じられ、寿明の精神がキリキリと軋《きし》む。それなのに、身体は愉悦に噎《むせ》び泣いている。ヒクヒクといやらしく開閉を繰り返す秘部が止められない。

「……あ、あれは拉致《らち》されそうになった……誰のせいだと思っている……」

寿明は砕け散りそうな理性を押し留め、やっとのことで反論した。いくらなんでも不条理極まりない。

「兎を抱くのは俺だけだ。覚えておけ」

獅童はベッドサイドのテーブルに置かれていたローションを手にした。もっとも、寿明は枕元どころかベッドルームにそういった類《たぐ》いのものは置いていない。けれど、見覚えのないローションを持ち込んだ犯人はわかる。

「……あっ……うう……」

「次、誰かに聞かれたら、ちゃんと答えろよ。獅童を愛している、ってな」

当然のように、カフェでのやりとりも握られているようだ。開閉を繰り返している秘部に、潤滑剤代わりのローションが一気にたっぷりと垂らされる。まるで藤堂の質問に対する不満をぶつけるかのように。

「……あっ」

ローションのひんやりとした感触に下肢が痺《しび》れる。

「いいな。お前は俺のものになったんだ」

「……あ、あぁ……」

鼻から抜ける吐息が自分のものとは思えないぐらい甘い。堪えたいのに、愛撫を与えられるたびに出てしまう。

「俺が惚《ほ》れたから俺のものになるしかない」

グチャグチャグチャ、という湿った音と獰猛《どうもう》な野獣の声が背中から聞こえる。前立腺《ぜんりつせん》を巧みに擦られ、甘く掻《か》き回され、寿明は狂おしい快感に抗えず、シーツに涙で濡《ぬ》れた顔を埋めた。

「……な、なんて……」

「兎だって俺に惚れていなきゃ、こんなにならないさ」

獅童の勝ち誇ったような声が憎たらしいが、うつ伏せの体勢でも熱を持った分身は隠せない。いくら自分でまったく処理していなかったとはいえ、感じすぎだ。それも感じまいとすればするほど滾《たぎ》ってしまう。寿明は激しい自己嫌悪に陥ったが、どうすることもできない。

「……あっ」

指が引き抜かれたと思うや否や、蕩《とろ》けきった秘部に亀頭《きとう》が押し当てられた。

「愛人がいやなら嫁さんにする」

獅童の言葉に驚愕《きょうがく》し、寿明は首を捻った。いつの間にか、獅童は身につけていた衣類を脱ぎ捨てている。

「……ぼ、僕は男だから……」

「今時、男同士でも誰も驚かないさ」

ズブズブズブズブッ、と灼熱《しゃくねつ》の肉柱が支配者のような顔で大胆に侵入してきた。凄絶《せいぜつ》な圧迫感と激痛に寿明の下肢が激しく痙攣《けいれん》する。

そのうえ、高く腰を上げさせられる。行為を求めているような破廉恥な体勢だ。逃れたくても逃れられない。

「……ふっ……ううっ」

挿入された猛《たけ》る肉塊は獅童の興奮を如実に表している。寿明の分身も肉壁も応《こた》えるようにさらなる熱を持つ。

「学習能力は高い。もう俺の形を覚えたぜ」

指摘されて気づいたが、蕩けきった肉壁は早くも侵入者の形状を記憶したかのようだ。ぴっちりと包み込む。

「……あっ……あっ……」

「痛いだけじゃ、ないだろう?」

獅童が腰を動かせば、寿明の腰も自然に動く。ふたつの身体を繋《つな》いだ局部からローションとともに獅童の先走りの滴が漏れた。

「……ややっ……い、痛いからっ」

寿明は嬌声を堪えるため、自分の腕に噛みついた。

が、有無を言わせぬ手に顎を摑まれ、すぐに離されてしまう。

「やめろ」

「……あっ」

「可愛いだけだぜ。あんまり煽るな」

背後の男に一段と派手に腰を使われ、寿明は恐怖にも似た快感を覚えた。度を越した愉悦も激痛も紙一重だ。

「……うっ……も、もう……」

「どうしてこんなに可愛いんだ」

「……も、もう……抜いてくれっ」

火照りきって熱いのは肌だけではない。

「俺を挿れたままイけ」

「……や……あぁっ」

突き上げられる快感にとうとう堪えきれず、寿明は自身を解放した。その拍子に体内にいた肉塊をきゅっ、と一際締めつける。

「……やられた」

獅童の低い声が漏れるや否や、肉壁がびしょびしょに濡らされた。寿明は心も濃密な液に濡らされたような気分だ。

白いシーツは寿明が放ったもので濡れている。生々しい匂《にお》いにいたたまれないのは、部屋の主だ。これから先、このベッドで安眠できる気がしない。

「……っ……も、もう放してくれ……」

寿明は体内から出ていかない獅童の分身に文句を言いたい。しっくり馴染んでいるだけに精神的に辛いのだ。

「可愛くないことを言うな」

「……き、君は……」

「どうしてそんなにいやがる？」

ズルリ、と獅童の分身が出入り口まで引かれるが、蕩けきった粘膜は放すまいとするかのように絡みついた。身体は完全に惨《むご》い男から与えられる刺激を愛している。

「……は、恥ずかしいからっ」

恥ずかしい、という一言に尽きる。寿明は年上のプライドをかなぐり捨てて心情を吐きだした。

「そんなに恥ずかしいのか？」

「……あ、当たり前だっ」

「だから、そういうことを聞いたら我慢できない」

ズルリ、と常の状態でも大きな肉塊が卑猥な音とともに引き抜かれた。放埒《ほうらつ》の余韻が覚めやらぬ襞《ひだ》は寂しさに開閉を繰り返す。

「……え？」

解放されたと思ったら、身体を反転させられる。寿明は情欲にまみれた美男子の顔と下肢に驚愕した。残酷なまでの若さの証拠なのだろうか。吐精したばかりだというのに荒々しく膨張している。

「可愛すぎる」

胸に足がつくほど折り曲げられ、突きだすことになった秘部から獅童の落とし物が滴り落ちる。寿明は粗相をしてしまったような恥辱に苛《さいな》まれた。

「……な、なんてことをするっ」

寿明は開かされた器官を閉じることができない。

「ヒクヒクしている。いい眺めだぜ」

寿明は自身の淫《みだ》らな身体に気が触れそうだ。獰猛な肉食動物の目を閉じたいが、手が届かない。

「……み、見るなっ」

「俺のでもっとびしょ濡れにしてやる」

これからいったいどんな破廉恥なことをさせられるのか、若い男の表情を見れば恐怖しか抱けない。

「……き、君は変人じゃなくて変態だっ」

「変態の気持ちが初めてわかった」

「……へ、変態はいやだーっ」

寿明の涙混じりの絶叫が届いたのか、獅童はオスのフェロモンを漲らせながら動いた。同時に寿明の身体も再びうつ伏せにされる。

「一回で終わるわけねぇだろ」

ズブリ、と怒張した肉柱が一気に埋め込まれる。二度目とあって、嬉々《きき》として味わうかのように飲み込んでしまう。

「……ふっ……」

兎はどこまでいっても獅子に支配される運命なのだろうか。あっという間に、寿明の身体は獅子王に塗り替えられていた。

「一度しか言わないからよく聞け」

心なしか、つい先ほどまでの声のトーンと違う。

「……あ……やっ……」

「愛しているから俺のものになれ」

どんな顔をしているのかわからないが、体内の獅童の分身はこれ以上ないというくらい熱くて硬い。触発されてしまったのか、寿明の身体も火傷《やけど》したように熱くなる。壊れそうなのに、情熱的な抜き差しに喜んで応えた。

「……え……ええぇっ?」

「……ほら、すげぇ」

兎も俺に惚れている、と若い獅子はくぐもった声で呟《つぶや》く。悦楽の嵐《あらし》に応えるかのように。

「……あっ」

「兎は俺のものになった。忘れるな」

初めての時とはまるで違う。二度目とも三度目の時とも違う。

この感じ方はなんだ、と寿明はさらなる甘い刺激を求める自分の身体が恐ろしい。

「……お、おかしくなる……僕が狂う……」

脳の芯《しん》まで獅童という男に毒されたような気がする。このままでは破廉恥な言葉を口走りそうで怖い。

自分が自分でなくなる。……いや、もう自分でなくなっているのだろうか。灼熱の肉塊をもっと深く味わおうと、蠢《うごめ》く腰が止められない。

「俺のものにならない限り、ずっとこのままだ」

「……やっ……わ、わかった……わかったから……」

襲いかかる官能の嵐が凄《すさ》まじい。

朦朧《もうろう》とする意識の中、寿明は若い帝王を受け入れる器となった身体に、嘆くことすらできなかった。

7

どこからともなく、芍薬《しゃくやく》の匂《にお》いがする。

寿明《としあき》が目を覚ました時、獅童《しどう》の腕の中にいた。けれど、意識を手放したベッドルームのベッドの中ではなく、大輪の芍薬が飾られた豪華な部屋の天蓋《てんがい》付きのベッドの中だった。寿明の枕《まくら》はふかふかの枕ではなく、固い筋肉に覆われた獅童の腕だ。

「兎《うさぎ》、起きたか？」

獅童に気怠《けだる》そうに声をかけられ、寿明は瞬きを繰り返した。

「……獅童、ここはどこだ？」

寿明は腕枕からさりげなく頭をずらそうとした。けれど、太い腕に戻されてしまう。そこが定位置であるとでも言うかのように。

「日本の九龍《クーロン》」

頭部を宥《なだ》めるように撫《な》でられ、寿明は溜《た》め息《いき》をついた。

「ちゃんと答えてほしい」

「俺の家」

宋《そう》一族の若き総帥の言い回しを理解した。寿明の脳裏にはカフェで見たサメの報告書の文面が刻まれている。

「宋一族の本拠地？」

寿明が探るような目で尋ねると、獅童にペロリと目尻《めじり》を舐《な》められた。

「藤堂《とうどう》や眞鍋《まなべ》ならそう言うだろうな」

獅童の手が乳首に触れたので、寿明は慌てて身を引く。もっとも、すぐに引き戻されてしまう。

肌と肌で触れ合っていると心地よいが危険だ。……いや、肌の温《ぬく》もりが心地よいと思うこと自体、危ない。寿明は内心の動揺を気取《けど》られないように伏し目がちに聞いた。

「コレクションルームがあるところか？」

「……ああ」

「見せてくれるな？」

僕にあんなひどいことをした、と寿明は心の中で非難した。年下の男の巧みな技巧が憎たらしい。

「俺のものになった記念に見せてやる」

寿明が重い腰を騙《だま》して上体を起こすと、獅童はのっそりとベッドから下りた。猫脚の椅《い》子《す》にかけていたシャツを身につける。

「僕の服は？」

寿明が肌寒さでくしゃみをすると、獅童は絹のガウンを差しだした。

「新しいのを用意してやる」

寿明が肌触りのいい絹のガウンに袖《そで》を通すと、獅童に軽々と抱き上げられ、アンティーク家具で揃《そろ》えられたベッドルームから出た。廊下もどこか西欧の城のような雰囲気が漂っている。

「獅童、ここは日本か？」

都内の一等地に建つ大豪邸でも、ここまでの天井の高さや廊下の幅は見られない。大きな窓の向《む》こう側《がわ》は夜の帳《とばり》に覆われているが、ライトアップされ、自然な形を生かした英国風の庭園だとわかる。ただ、どこまでも庭が続き、塀はまったく見えない。

「ああ、山奥だ」

「どこの山奥？」

「山形」

「東京からどうやって僕を運んだ？」

よほど疲れて、深い眠りに落ちていたらしい。車や飛行機を使って、運んだのだろうか。

「そんなことは考えなくてもいい」

「僕は明日も仕事がある」

「俺も明日は是枝《これえだ》会長の仕事がある」

　獅童は寿明を抱いたまま、悠々と廊下を進んだ。一言で言い表すならば、白と赤の世界だ。天井や壁は白で、天然大理石の廊下には真紅の絨毯《じゅうたん》が敷かれている。白の花台に飾られている花は真紅の薔薇《ばら》で、ファブリック類はすべて赤だ。

　二対のグリフォン像が飾られた一角では、宋一族のメンバーがふたり、ライフルを手に立っている。それぞれ、若き総帥に一礼した。

　ライフルは本物だよな、と寿明は恐怖で身体《からだ》を竦《すく》ませる。抱いている獅童も気づいたのか、怪訝《けげん》な顔で覗《のぞ》き込んできた。

「兎、寒いのか？」

「銃刀法違反を見てしまった」

「今さら何を言っていやがる」

　グリフォン像を越えたら、雰囲気が一変したような気がする。豪華絢爛《ごうかけんらん》な造りは変わらないし、陳列されている美術品も筆舌に尽くしがたいが、あちこちに中国風の細工が目立つようになった。そうこうしているうちに、どこまでも続くと思われた廊下が終わる。突き当たりには、ルーベンス筆だと思われる大作が飾られていた。ライフルを持ったメンバーが六人、立ち並んでいる。

　獅童が鷹揚《おうよう》に顎《あご》を杓《しゃく》った瞬間、ルーベンスの大作が飾られた壁が鈍い音を立てながら動いた。隠し扉だったのだ。

獅童は平然とした態度で、隠し扉の向こう側に進む。寿明は人形のように抱かれたまま、メンバーから注がれる矢のような視線に耐えていた。

隠し扉を越えると、白い廊下に近代的な装置がある。壁に設置されたモニター画面には、城の周囲が映しだされているようだ。見る限り、標高の高い山らしい。

「獅童、ここはなんという山?」

「俺の山」

「答えたくないのか」

宋家の紋が刻まれた廊下には一定の間隔を空け、武器を手にした宋一族の男たちがズラリと立ち並んでいた。各自、獅童に忠実な兵士のようだが、それだけに寿明に対する目は辛辣《しんらつ》だ。

「獅童、自分で歩く」

寿明は今さらながらに獅童の腕から下りようとしたが、抱き直されてしまう。分厚い胸から逃れられない。

「運んでやる」

「自分で歩ける」

寿明は手足を必死になって動かしたが、獅童はビクともしなかった。廊下を悠々と進む足に乱れはない。

「暴れるな」

「恥ずかしい」

無意識のうちに、寿明の口から本心がポロリと漏れた。

「俺は楽しい」

獅童は真顔で独り言のように漏らしたが、揶揄《やゆ》している様子は微塵《みじん》もない。本当に楽しいようだ。

「君もトップならやめろ」

「俺が楽しいからいいだろ」

「……あ、あのな」

せめてこういうのは庭でふたりきりの時にやれ、と寿明は喉《のど》まで出かかったが、すんでのところで引っ込めた。

「可愛《かわい》いな」

チュッ、と獅童が悪戯《いたずら》っ子のような顔で、寿明の唇にキスを落とした。ガシャンッ、と若い警備員が驚愕《きょうがく》でライフルを床に落とす。

「見られているのにっ」

ペチッ、と寿明は耳まで赤くして宋一族の首領の頬《ほお》を叩《たた》く。

ガシャンガシャンガシャンッ、と若い警備員が三人、おのおの、手にしていたライフルを床に落とした。慌てて拾うが、また落とす。注意した年長の警備員は尻餅《しりもち》をついた。どうやら、だいぶ、動揺しているらしい。

どこかで監視しているのか、壁のモニター画面に素顔のダイアナが映される。華やかな美青年だ。

『獅童、浮かれすぎ。若い奴《やつ》らを刺激するな』

獅童は叔父に咎《とが》められても、やんちゃ坊主のように笑うだけだ。

『獅童、聞いているな。若い奴らはもうずっと女そのものを見ていない。これ以上、煽《あお》るな。誰も反対していないからパフォーマンスはいらないっ』

後見人の語気が荒くなっても、獅童は寿明をどこかの姫君のように抱いたまま、クリスタルのシャンデリアの下を堂々と進む。そうして、チャイナ服の豹童《ひょうどう》や狐童《こどう》がプロレスラーのような男たちとともに警備していた扉の前で立ち止まった。

「感謝しろよ。連れてきてやったんだから」

獅童が低い声で言うや否や、豹童と狐童が重厚な扉を開けた。

「もしかして、コレクションルーム？」

ルーブル美術館の一室か、オルセー美術館の一室か、プラド美術館の一室か、巨匠の手による名画や彫刻が、適切な空間に展示されている。当然のように窓はなく、明かりも控えめだ。

「ああ、今まで宋一族が集めたコレクションだ」

デューラーにクラナハにブリューゲルにボッティチェリにジョルジョーネにブロンズィーノにベラスケスにルーベンス、と寿明は錚々《そうそう》たる名画に圧倒された。……が、素直に感動はできない。各国の美術館で展示されている名画が無数に飾られているからだ。

「……こ、これ……ウィーン美術史美術館所有の……こっちはプラド美術館所有の……ナショナル・ギャラリー所有の……ウフィツィ美術館所有の……アムステルダム国立美術館所有のレンブラントまで……すべて本物ならば、このコレクションはひどすぎる。罪の証拠だ」

宋一族のコレクションがすべて本物ならば、各国の美術館では贋作《がんさく》が展示されているのだろう。信憑性《しんぴょうせい》は定かではないが、美術館で展示されている大半の美術品が贋作だという。このコレクションを見る限り、下世話な噂《うわさ》が真実のように思えてならない。あってはならないことだけれども。

「ひどいか?」

「ひどすぎる……あ、エルミタージュ美術館所有のはずがイジオット所蔵って聞いた『太陽神と月の女神』まで……こんな扱い方をしているのか」

ルーベンスが命を吹き込んだ双子神は無造作に壁に立てかけられていた。ほかの絵画と扱いがまるで違う。

「俺もダイアナも気に入らなかった」

獅童は憮然《ぶぜん》とした面持ちで吐き捨てるように言った。イジオットの要塞《ようさい》から盗みだすのは、九龍の大盗賊でも大変だったはずなのに。

「……き、気に入らない？　イジオットの秘宝に手を出しておいて気に入らない？」

「ああ」

「どうして、イジオットの秘宝に手を出した？　争いになるのはわかっているだろう？」

寿明は今さらながらに不可解な疑念を口にした。貴族や富豪が所有しているルーベンスを狙《ねら》ったほうが諍《いさか》いはない。

「宋一族として逃げられない宿命がある」

獅童はどこか遠い目で言ったが、寿明は白々しくてたまらない。プラド美術館で展示されているはずのベラスケスを眺めながらきつい声音で聞いた。

「盗賊が宿命なのか？」

「ウィンズレット侯爵サマから宋一族について聞かなかったのか？」

ウィンズレット侯爵と話したことは知っていても、内容までは摑《つか》んでいないようだ。相良《さがら》グループに理解があったから、美術館の警備には最新機器を駆使したが、盗聴されていなかったのだと安堵《あんど》の息を漏らす。

「先祖が宋王朝の傍系の皇子だと聞いた。これ以上、先祖の名に恥じることはするな」

　獅童に支配者の血が流れていると聞いたら納得せざるを得ない。支配者の血がなせる傲《ごう》慢《まん》さだ。

「肝心なことは聞いていないんだな。ウィンズレット侯爵サマも摑んでいないのか」

　獅童は馬鹿《ばか》にしたような目で、清廉潔白な青年貴族に言及した。

「なんのことだ？」

「あのさ、皇帝一族は負けたら、一族郎党死ぬか、盗賊になるか、どちらかだ。昨日の皇妃は女郎だし、昨日の皇子は泥棒だぜ」

　獅童があっけらかんと語った敗者の歴史は寿明もよく知っている。地域や時代にもよるが、国王の敗北により、王子は殺害され、王妃や王女は最下級の奴隷に落とされることが多かった。まだ、国王や王妃に仕えていた従僕や侍女のほうが見逃してもらえる。平民は平民のまま、支配者が変わっても身分は変わらない。

「歴史を学べば、そういう話はよく聞く」

　勝つか負けるか、王者か奴隷か、支配者一族は勝敗ですべてが決まる。

「宋王朝が滅ぼされた時点で、うちの先祖は馬賊になった。馬賊になっても生き延びることを選んだ。細々ながらも生き延びていたんだが、清《しん》の時代、変わり者の先祖が科挙に合格して、官僚として取り立てられたんだ」

「清は満州民族の王朝だな」

「……ああ、宋一族は馬賊を返上して官僚一族として代を重ねた。西太后《せいたいこう》が東太后《とうたいこう》を蹴《け》り落として、好き放題した頃、清は列強に食われていた」

「……あの時代か」

アヘン戦争にアロー戦争に義和団の乱、と寿明の脳裏に動乱の時代が過《よぎ》る。西太后が長生きしなければ、清王朝末期の歴史は変わっていたかもしれない。

「そう、あの時代さ。あの時代にも清を立て直そうという奴らはいた。敵を知るため、敵に肩を並べるため、敵を威嚇するため、敵が夢中になっている美術品を集めることになった。極秘のプロジェクトだ。担当が宋一族の当主だった」

獅童の口から決して公にされない大国の裏の歴史が事務的に語られた。列強の圧倒的な軍事力の脅威に晒《さら》され、足掻《あが》く清政府の苦悩が寿明には手に取るようにわかる。

「西太后は外国嫌いだったよな？」

「大嫌いだし、公言しなかったが、列強の力は認めていた……らしい」

俺も会ったことがないから知らない、と獅童は憮然とした面持ちで、呂后《りょこう》や則天武后《そくてんぶこう》と並ぶ中国史上最大の悪女と称される権力者について語った。

「宋一族の当主は美術品を集められたのか？」

「政府から預かった金がたんまりあった。宋一族の当主は金にあかせて、美術品を買いまくった。結果、全部、贋作だった」

今も昔も贋作は巷《ちまた》に溢《あふ》れているし、詐欺師は掃いて捨てるほど転がっている。二階堂《にかいどう》美術館オープンの際も、展示品が数点、贋作だと判明して大騒ぎになった。

「……すべて贋作？」

「信用したお貴族サマたちにまんまと騙されたのさ。結局、西太后にバレて、宋一族の当主は長い拷問の末に処刑された。一族郎党も処刑された。たまたま、身体を壊して乳母の家で静養していた次男が生き延びて、当主である父親の遺志を引き継いだ」

西太后が怒り狂ったらどうなるか、寿明は想像しただけで背筋が凍る。どんな報酬や身分を提示されても、仕えたくない権力者だ。

「どんな父親の遺志？」

「復讐《ふくしゅう》は考えるな。ただ、本物を揃えろ」

獅童の視線の先は、九龍の大盗賊の罪の証《あかし》である美術品だ。つられるように、寿明も周りを見回した。

「……ま、まさか、このコレクションルームにある絵や彫刻？」

寿明は騙した貴族に復讐するほうが楽だったと断言できる。

「……ああ、このコレクションルームにある絵をヨーロッパで買って、紫禁城《しきんじょう》に飾る予定だったらしい」

　この金を軍備に回せばいいのに、と獅童は至極当然の意見を独り言のように続ける。

　確かに、清王朝は西洋の美術品を買い集めるより、西洋の軍艦や武器を買い集めるべきだった。

「……宋一族の当主が無知すぎる。当時、これらの美術品の所有者は王侯貴族だったはず……手放すとは思えない」

　寿明は躊躇《ためら》ったが、率直な意見を口にした。当時の清王朝の状態を考慮しても、宋一族の当主の調査不足は否めない。

「信用したヨーロッパのお貴族サマの口車にまんまと乗せられたのさ」

　極秘の買い付けならば、清王朝の名は使えないだろう。一介の東洋人が当時のヨーロッパで一級の美術品を購入するには協力者が不可欠だ。

「詐欺？」

「カーライル伯爵とボドリヤール伯爵の先祖にうちの先祖は騙された」

　獅童が口にした名門貴族は記憶に新しい。特にカーライル伯爵にいたっては、銀座の黒《くろ》木《き》画廊が騙されそうになった。

「……その頃から因縁があったのか」

「カーライル伯爵やボドリヤール伯爵に復讐はしない。ただ、本物を手に入れろ。……これが代々、宋一族に課せられた使命だ」

処刑された当主の遺言により、大盗賊に身を落とし、美術品を盗んでいるというのか。それも贋作とすり替えるという手口で。

「……本物を集めてどうする？　捧《ささ》げるべき清王朝はない」

まだロマノフ王朝復興のために地下に潜ったイジオット結成の理由のほうが理解できる。

「清王朝に捧げろ、っていう指示はなかった」

名誉を重んじる男が名誉を踏みにじられたらどうなるだろう。続く拷問から逃れられたのは処刑の日だった。唯一、処刑を免れた次男坊に本物の収集という形での名誉の回復を託したのだろうか。

「……僕はわからない。どうして？」

お国柄か、世情の違いか、寿明は当時の宋一族の当主も生き残った次男坊も今に連綿と続く九龍の大盗賊も理解できない。

「メンツらしい」

「……メンツ？」

当主は騙された自分自身が最も許せなかったのだろうか。それ故、本物を求めたのだろうか。

「……ああ、メンツ。ヨーロッパで活用しやすいように、宋一族の男は代々、英国やフランスの女を妻にして子供を産ませた。オヤジや俺は執念のかけ合わせ」

獅童のルックスは東洋人とは言いがたい。警備に当たっていた男たちも、西洋の血が混じった東洋人が多いようだ。ただ、叔父のダイアナに西洋の血はあまり感じない。

「大盗賊になるほうがメンツに関《かか》わる」

「オフクロと同じことを言いやがる」

「何代も前の遺言に縛られて、犯罪稼業に励まなくてもいい。もっと違う生き方が……」

寿明の言葉を遮るように、耳障りな警報ベルが鳴り響いた。同時に豹童が武装したメンバーとともに飛び込んでくる。

「獅童、イジオットが来やがった」

「ロケットランチャーでやれ」

獅童の命令に忠実なはずの豹童は青い顔で首を振った。

「それはヤバい」

「バズーカ砲を用意しろ」

「眞鍋の二代目みたいなことはやめてくれ」

「眞鍋の二代目を出すな」

獅童の腕の力が緩んだ隙《すき》を狙って、寿明は勢いよく飛び降りた。駆け足で無造作に立てかけられている『太陽神と月の女神』に近づく。

「ルーベンスの絵画を返そう。返却する約束だよな。こんな置き方をしているんだから返してもいいだろう」

　画家の王の大作をこんなふうに保管する馬鹿がどこにいる、と寿明は沸々と湧《わ》き起こる怒りを鎮めながら見つめた。

　ルーベンスを初めて直《じか》に観《み》た時の感動が蘇《よみがえ》る。

　……いや、感動がない。

　肌の色合いが違うのか。

　ルーベンスの名画は何度観ても、そのつど、胸に熱いものが込み上げてきた。これが本物の芸術に触れた感動なのだとしみじみしたものだ。

　それなのに、ルーベンスらしい大作を観ても心が躍らない。

「……離れて観れば感動するのかな」

　寿明は号数の大きな名画から距離を取って眺めた。美術誌で観たルーベンスの大作の一枚に違いない。

　けれども、妙な違和感がある。

「……あれ？　肌のタッチ？」

　寿明は首を傾《かし》げながら、ルーベンスの大作に近づいた。息がかからないように、顔を近づける。専門家ではないから詳しくないが、ルーベンスのタッチだ。弟子の手が入っていないルーベンス本人の大作だ。

……が、おかしい。

なんといっても、肌だ。

一流の画家でも模写できないと称された肌の色合いがどこかおかしい。この感覚は獅童にすり替えられたルーベンスの『花畑の聖母』の贋作を観た時と同じだ。

「……ま、まさか……まさか……」

寿明の思考回路がショートしかけた時、獅童の殺気だった声が聞こえた。

「兎、イジオットが乗り込んできた。出ろ」

獅童の腕が伸びてきたが、すんでのところで寿明は躱《かわ》した。

「……待ってくれ」

廊下から中国語の罵声《ばせい》が響き、ダイアナが青竜刀を手に戦士の顔で飛び込んでくる。早口の中国語で捲《まく》し立てると、獅童は悪鬼の如《ごと》き形相で走りだす。豹童が慌てて追ったが、ダイアナは呆《あき》れたように天を仰いだ。

「兎、あの血の気の多い坊や、おとなしくさせてくれ」

ダイアナに切々とした調子で言われ、寿明は面食らったが、今はそれどころではない。

何よりもまず、目の前のルーベンスだ。

「ダイアナ、まさか、このルーベンスは贋作か?」

寿明が食い入るような目で尋ねると、ダイアナは感服したように言った。

「兎もわかるのか？」

「僕は専門家じゃないからわからないけど、ルーベンスはなんとなく……ルーベンスだけはなんとなくわかるんだ……贋作なのか？」

アントワープの大聖堂でルーベンスを観た時の感動とは比較するまでもない。

「それ、イジオットに飾られていたルーベンスだ」

「イジオットが贋作を飾っていたのか？」

寿明が驚愕で上体を揺らすと、ダイアナは忌々《いまいま》しそうに前髪を搔き上げた。

「そうなんだ。五十年前から計画を立てて、イジオットが保管しているルーベンスをやっと手に入れたと思ったら……贋作だった。このショックがわかるか？」

「イジオットは知っているのか？」

ウラジーミルやニコライといった幹部が奪取に動いているのだから、贋作だと知らずに飾っていたのだろう。いつ、イジオットの本拠地に飾られていたルーベンスは、贋作にすり替えられたのだろうか。

「わからない」

「イジオットにわけを言って返そう」

こんなことをしている間も、けたたましい警報ベルは鳴り続けているし、中国語のアナウンスも聞こえてくる。

「冬将軍が信じると思うか？」

ダイアナが華やかな美貌《びぼう》を歪《ゆが》めた瞬間、ドカンッ、という激烈な爆発音が響き渡った。建物が揺れる。

「……い、今のはなんですか？」

寿明は仰天してその場にへたり込んだが、ダイアナは戦士の顔つきで扉に視線を流した。

「冬将軍の攻撃かな」

「……う、うわっ、さっさと止めよう。……で、藤堂さんがウラジーミルの愛人だって本当ですか？」

寿明はリキこと義信《よしのぶ》に紹介された藤堂がジョーカーだと思った。生真面目《きまじめ》な鬼神がわざわざ紹介した人物という信頼もある。

「本当だ。血まみれの冬将軍が初めて夢中になった相手だ。なかなかの曲者《くせもの》だから油断できない」

ダイアナはウラジーミルの愛人にも警戒心を抱いている。藤堂が小汚い手を駆使した元ヤクザという過去は真実なのかもしれない。

「じゃあ、僕が藤堂さんと交渉する。藤堂さんならウラジーミルを押さえ込めるな？」

「宋一族に藤堂とのツテがない。イジオット以外にも桐嶋《きりしま》組っていう番犬がいるから近づけないんだ」

ダイアナはあっさりと手の内を明かした。今まで危険を冒してまで、ウラジーミルの愛人に近づく必要に迫られなかったのだろう。

「僕にはある」

「愛人同士で仲良くなったのか？」

ダイアナに意味深に見つめられ、寿明は顔を派手に歪めた。

「愛人って言うのをやめてくれ」

「どうして、冬将軍が兎をかっさらおうとしたかわかるだろう」

イジオットも寿明が宋一族の総帥の愛人だと思い込んでいる。だからこそ、次期ボス候補と幹部が寿明を拉致《らち》しようとした。あのまま監禁されたら、獅童は交換に応じたのだろうか。

「いい迷惑だ」

寿明が目を吊《つ》り上げた時、凄絶《せいぜつ》な爆発音が立て続けに響いてきた。ドカーン、ドカーン、ドカーン、と。

ガタガタガタガタッ、と建物も派手に揺れた。

「……な、な、何が始まった？」

　寿明が裏返った声で尋ねると、ダイアナは闘う男の顔で言った。

「冬将軍と獅子《しし》がぶつかったら、ここも火の海になるな」

「……こ、ここが火の海になったら、この美術品はどうなる？」

　宋一族のコレクションルームに所蔵された美術品は僕の命より重い、と寿明は真剣に思った。美の宝庫を目の当たりにして、何かのネジが完全に外れている。

「獅子が拗《す》ねるから、美術品の心配じゃなくて獅子の心配をしてほしい」

「そんなことを言っている場合じゃない。さっさと交渉しよう」

　ひとりじゃ運べないからそっちを持ってくれ、と寿明はイジオットから盗みだしたルーベンスの贋作を摑んだ。

「もう遅い」

「遅くはない」

「冬将軍にも獅子王にもメンツがある」

　メンツ、というダイアナのイントネーションが独特だ。青竜刀を握る手にも力が入っている。処刑された宋一族の当主はメンツにより、子孫に重い十字架を背負わせた。

「メンツってそんなに大切か？」

　寿明が咎めるように聞くと、ダイアナは大幹部の迫力を漲《みなぎ》らせた。顔立ちは中性的でも青竜刀に相応《ふさわ》しい将だ。

「宋一族の教育では最も大切なものだ」

「教育要綱を抜本的に見直せ。悪《あ》しき教科書は排除しろ」

「可愛い兎が可愛い獅子に見える」

「なんでもいいから、さっさとそっちを持ってくれ」

寿明が荒っぽい口調で言うと、ダイアナは青竜刀を置き、楽しそうに笑いながらルーベンスの贋作を持った。そうして、ふたりで扉の向こう側に運んだ。

廊下には武装した宋一族のメンバーが盾のようにズラリと並んでいる。寿明とダイアナの姿に一様に驚くが、誰も止めたりはしない。止める余裕がないのだ。目と鼻の先では、ウラジーミルと獅童がやり合っている。

「……え？」

寿明はアクション映画でも観ているような気分だ。ウラジーミルの手には宝剣が握られ、獅童の手には柳葉刀があった。

「よかった。まだどちらもバズーカ砲を持ちだしていない」

ダイアナが安堵の息を漏らすと、マシンガンを構えた豹童が叫んだ。

「ダイアナ、イジオットの戦闘機がこちらに向かっています」

「イジオットはいくら日本政府に金を積んだ？」

「金を積まなくても、強請《ゆす》りで黙らせるんでしょうっ」

「イジオットは美術品ともども宋一族を壊滅させる気か」

ダイアナは若い兵士からライフルを取ると、ウラジーミルに銃口を向けた。ルーベンスの贋作で見えないのか、ロマノフの兵隊たちはダイアナに気づかない。

「ダイアナ、待て」

寿明は血相を変え、ダイアナを止める。

「兎、ウラジーミルに壊滅させられたマフィアの数を後で教えてやるから邪魔するな」

ダイアナが冬将軍の苛烈《かれつ》さを口にした時、寿明はイジオットの兵隊に守られるように立つ秀麗な紳士を見つめた。カフェで会った時と同じように白いスーツを身につけ、泰然と微笑《ほほえ》んでいる。そこだけ空気が違った。

「……藤堂さん？　藤堂さん、ルーベンスの『太陽神と月の女神』を返します。交渉のテーブルについてくださいーっ」

寿明が銃声に負けないような大声で叫ぶ。

間髪を入れず、藤堂から温和な声が返った。

「寿明さん、交渉に応じます。獅童を止めてください」

藤堂はスマートな動作でイジオットの屈強な兵隊の輪から出た。一際逞《たくま》しいロシア兵が止めようとするが、藤堂は上品な物腰で躱す。

「藤堂さん、ウラジーミルを止めてください」

「承る」

「……じゃあ」

「はい」

寿明と藤堂は目を合わせると、凶器を振り回している屈強な男たちの背後に回った。そうして、同じタイミングで広い背中に飛びつく。

「獅童、やめろっ」

寿明は大きな背中に渾身《こんしん》の力を込めて張りついた。ピタリ、と獅童が振り回していた柳葉刀の動きが止まる。

「ウラジーミル、やめたまえ」

藤堂がウラジーミルの背中に抱きつくと、瞬時に宝剣が下げられた。瞬く間に殺気が消えていく。

ウラジーミルは藤堂さんに夢中なんだ、と寿明は宋一族の首領の背中にへばりつきながら確かめた。

「ウラジーミル。宋一族が、ルーベンスの『太陽神と月の女神』を返却する。受け取りたまえ」

藤堂はウラジーミルに抱きついたまま、宥めるように温和な声で寿明が言いたかったことを代弁した。

「藤堂、九龍の大盗賊なら返却するのは贋作じゃないのか？」

ウラジーミルは根本的に宋一族を信用していないようだが、藤堂は貴族的な微笑で軽く流した。

「宋一族の交渉人は寿明さんだ。彼は信用してもいい」

「大木に張りついている蟻《あり》が信用できるのか」

言い得て妙、長身の獅童に張りつく小柄な寿明は大木に蟬《せみ》どころか蟻だ。寿明は自嘲《じちょう》気味な苦笑を漏らしたが、大木の体温は確実に上がった。

「ウラジーミル、蟻ではなく蝶《ちょう》だ」

「蝶？」

「兎、と名付けられたらしいけれど愛らしい」

藤堂はウラジーミルにしがみついた体勢で寿明に視線を流した。

「寿明さん、皇妃の間に飾られていたイジオットの至宝を返してくれますね？」

藤堂に優しく声をかけられ、寿明は力強い返事をした。

「はい、こちらに皇妃の間に飾られていたルーベンスの絵を用意しています。お持ち帰りください」

「俺は君を信じる」

「俺も藤堂さんを信じる。だから、包み隠さずに言います。皇妃の間に飾られていたルーベンスは贋作です。宋一族は贋作だと気づかず、盗みました。贋作を盗んだとあっては大恥なので黙っていました。申し訳ありません」

宋一族代表になったわけではないが、寿明は真剣な目で一気に言い放った。どんなに獅童の身体が怒りで震えても躊躇わない。

「皇妃の間に飾られていたルーベンスが贋作だったのですか？」

藤堂が困惑したように目を曇らせると、ウラジーミルは吐き捨てるように言った。

「九龍の大盗賊の大嘘《おおうそ》だ」

ウラジーミルの反応から察するに、やはり、イジオット側は贋作だと気づいていなかったようだ。

「この期に及んで大嘘をついてどうなる。そちらは誰か、皇妃の間のルーベンスを贋作とすり替えた人物に心当たりはありませんか？」

寿明が切々とした調子で声を上げると、ウラジーミルは素っ気なく答えた。

「ない」

「ならば、エカテリーナ二世が贋作を掴まされたのでしょう」

ロシアの近代化を推し進めた女帝の前に、ルーベンスの大作を誰が所有していたのか、寿明は知る由もない。ただ、エカテリーナ二世は画商が所有している美術品や、没落貴族が所有していた美術品を丸ごと買い上げたりしていたはずだ。ベストの方法である。

「……なんだと？」

「ロマノフの皇子なら知っているだろう。エカテリーナ二世は帝政ロシアを大国にのしあげたけれど、気位の高い列強から見れば野蛮な田舎の芸術後進国だ」

ロマノフの皇太子が大英帝国やオーストリア、プロイセンの王女を娶《めと》りたくても、とうとう縁談はまとまらなかった。ロマノフの皇女が列強の王家に嫁ぐこともできなかった。列強から格下だと見下されていたのだ。

「知っている」

「エカテリーナ二世は金にあかせて物凄《ものすご》い勢いで美術品を買《か》い漁《あさ》ったから、贋作が紛れても不思議ではない」

成金《なりきん》を嫌う美術品愛好家は今も昔も変わらず多いはずだ。意図的に贋作を混在させた可能性もある。

「証拠は？」

ウラジーミルに証拠を求められても、提示できるはずがない。寿明は諸悪の根源に言及した。

「エカテリーナ二世に美術品を売却した者を締め上げてください」

「無理だ」

「トレチャコフ美術館の創設者の言葉が証拠になるのではないですか？」

寿明が話題にしたロシア最大の国立美術館に、ウラジーミルは真っ青な目を曇らせた。

「トレチャコフ？」

「モスクワの商人だったトレチャコフは、画家から直に美術品を買いました。そうでないと信じられない、って言ったそうです」

大成金のパーヴェル・トレチャコフは美術品詐欺の格好の餌食《えじき》になったに違いない。贋作を避けるため、アトリエや展覧会で画家から直接取得したのだ。果たせるかな、寿明の意図をロマノフの皇子は理解した。

「つまり、皇妃の間にあったルーベンスは最初から贋作だと言いたいのか」

「イジオットの内部の犯行でなければ、それ以外、考えられない」

寿明が真っ直《ます》ぐな目で見つめると、イジオットの次期ボス候補は冷徹な声で言った。

「贋作であっても取り戻さなければならない」

「どうぞお持ち帰りください。宋一族はそれが贋作だと決して漏らしません」

漏らすな、と寿明は心の中で獅童や周りにいる宋一族の兵士たちに訴えた。イジオットにしろ、宋一族にしろ、贋作に踊らされたらそれだけでメンツに関わるだろう。

「これが本当に皇妃の間にあったルーベンスか？」

「ちゃんとわかる人に確かめてもらってください」

寿明の言葉に応じたのは、ボスの甥《おい》であるニコライだった。ロシア兵の輪から軽快な足取りで出ると、ルーベンスの『太陽神と月の女神』を凝視する。今までの目とまったく違う。ベテランの鑑定士のようだ。

画布の裏も確認した後、ニコライはウラジーミルに白夜のような笑顔を向けた。

「ウラジーミル、これだよ。これ、絶対にこれ。ボスが零《こぼ》したウオッカの臭《にお》いが染み込んでいるよ」

ニコライは満面の笑みを浮かべたが、寿明の顔は醜悪に歪んだ。

「……それで酒臭いんですか？」

「うん、僕とパパがコサックダンスを踊ったらボスがウオッカを零した」

「……ど、どんな場面か想像できないけれど、絵画は大切に保管してほしい」

「兎館長は言うことが違うね。次はもっといいところで会おう。女体盛りができるところがいいな」

ニコライの目が異様に輝きだし、寿明は胸騒ぎがした。このまま話を続けさせたら、独自の進化を遂げた日本文化を聞く羽目になる。

「……では、皆さん、お引き取り願う」

寿明の言葉と同時に、ダイアナも出口を指で差す。一刻も早く、獅童とウラジーミルを離したほうがいいことは間違いない。

「うん、またね」

ニコライに投げキッスをされたが、寿明は獅童にへばりついたまま顔を歪めた。冬将軍の従弟《いとこ》らしいが、あまりにも違いすぎる。それでも、好戦的ではないから助かる。藤堂とはお互いに目で別れの挨拶《あいさつ》をした。あちらもウラジーミルを拘束した体勢で去っていった。猛獣と猛獣使いのような気がしてならない。

一瞬、奇妙な静寂が走る。

大きな溜め息をついたのは、マシンガンを構えていた狐童だ。

「……雪崩みたいだ」

寿明が独り言のようにポツリと零すと、ダイアナや豹童は楽しそうに噴きだした。ぶはーっ、と。

「兎、いいことを言う。あれは雪崩だ」

ダイアナの意味深な目から、これで終わらせたい気持ちがありありと伝わってくる。寿明は獅童に回した腕に力を込めながら言った。

「雪崩だからこれはこれで終わりにしたほうがいい。これ以上、自然現象と戦っても被害が大きくなるだけだ」

寿明の言葉に応じたのは、獅童ではなくダイアナだ。

「おうおうおう、さすが、獅童の兎はいいことを言う。雪崩っていう自然現象に資金と人材を投入している余裕があったら、さっさとルーブルに仕掛けたい」

「ダイアナ、あれだけ集めたんだからもういいだろう」

「宋一族の悲願だ。あと少しだから待っておくれ」

こればかりは仕方がない、とダイアナのアーモンドのような目は雄弁に語っている。DNAに組み込まれているのかもしれない。

「あと少し？　どれくらい？」

寿明が険しい形相で尋ねると、ダイアナはあっさりと内情を明かした。

「今回のルーベンスの『太陽神と月の女神』が振り出しに戻ったから十三点」

「……十三？　不吉な数字だ」

「……あぁ、ルーベンスの『太陽神と月の女神』の本物がどこにあると思う？」

どこからどうやって調べればいいのか、ダイアナも困惑しているようだ。傍らの豹童や狐童の顔色も悪い。

「僕が知るわけないだろう」

寿明はエルミタージュ美術館で展示されている『太陽神と月の女神』が本物であることを願ってやまない。

「兎、ひとつだけ言わせてくれ」

豹童はライフルを手にしたまま、神妙な面持ちで口を挟んできた。

「豹童、どうぞ」

「獅童を止めてくれて助かった。ありがとう」

豹童が礼を言った瞬間、周りにいた宋一族の屈強な男たちがいっせいに頭を下げた。もちろん、寿明は面食らってしまう。

「……豹童？」

「俺たちも獅童の気持ちがわかるから止められなかった。感謝する。これからも頼むぜ」

豹童の意見に同意するように、周囲の強面《こわもて》の男たちも相槌《あいづち》を打つ。寿明は真っ青な顔で首を振った。

「……困る」

寿明が掠《かす》れた声で拒むと、しがみついている体軀《たいく》が熱を帯びた。不機嫌さがありありと伝わってくる。

「例の動画を消去してやるから獅童を頼む」

豹童の言葉に、寿明は低い声を上げた。

「……うっ」

「眞鍋の諜報《ちょうほう》部隊が例の動画を探っている。うるさくてたまらない。防御する労力をループルに回したい」

眞鍋組のリキこと義信は宣言した通り、脅迫のネタを取り返そうと動いてくれていたらしい。寿明は律儀な鬼神に心の中で礼を言った。

「……返してくれるなら受け取る」

「獅童を頼んだぜ」

豹童が視線で合図すると、狐童はマシンガンを下ろし、早足で近づいてきた。手にはそれらしいものがある。

コピーしていない、と狐童は低い声でボソボソと言ってから、寿明の目の前で動画を消去した。

そのうえ、動画を収めていたｉＰａｄを放り投げる。

ズガガガガガガガガッ、とダイアナがマシンガンでｉＰａｄを粉々にした。ここまですれば復元はできないだろう。

「兎、繰り返す。俺たちの獅子を頼んだぜ」

豹童に射るような目で言われ、寿明は本心を吐露した。

「犯罪者はいやだ」

寿明の身体に染み込んだ正義と理性が罪を憎む。どんな理由であれ、宋一族が罪を重ねていることは間違いない。

「それには目をつむってくれ」

豹童は感情を荒らげたりせず、詫《わ》びるように顔の前に左手を立てた。自身、罪の重さは自覚しているようだ。

「罪を償いたまえ」

「全員、刑務所だぜ」

「服役後、宋一族で中華料理のチェーン店でも展開したらどうだ？」

寿明はこれ以上ないというくらい真剣だったが、ダイアナは言わずもがな、周りにいた兵士たちがいっせいに噴きだした。

「兎、とんでもないことを考えるな」

「とんでもないのは君たち、宋一族だ。こんなとんでもないことはいい加減、やめなさいーっ」

寿明は耳まで真っ赤にして凄んだが、豹童をはじめとして宋一族の男たちは楽しそうに笑うだけだ。ダイアナは顔をくしゃくしゃにして、獅童の頰を指で突いている。

「兎、意外とお転婆だ」

ダイアナが高らかに言うと、さらに周りの男たちの笑い声が大きくなる。顰《しか》めっ面《つら》を晒しているのは寿明だけだった。

獅童の表情は見えないが、寿明は張りついている背中からなんとなく感じた。楽しそうに笑っている、と。

「……それより、今、何時だ？」

寿明が今さらながらに尋ねると、ダイアナは母のような笑みを浮かべた。

「兎、お腹《なか》が空いたのかい？」

「僕は仕事がある。ここが山形の山奥なら今すぐ、帰らせてほしい」

山形には詳しくないが、正規の交通手段では間に合わないと踏んでいた。

「そうだね。獅童も是枝雅和《まさかず》としての役目があるから東京に戻らないといけない」

「僕はどうやって運ばれてきた？」

「プライベートジェット」

ダイアナはなんでもないことのようにサラリと言ったが、寿明はプライベートジェットを飛ばす財力に溜め息しか出ない。


すべてがあれよあれよという間に過ぎていく。

なんにせよ、寿明は獅童とともに山形を出立した。予想だにしていなかった出来事の連続で、未《いま》だに夢を見ているような気分だ。

木《こ》っ端微塵《ぱみじん》に砕け散ったｉＰａｄが瞼《まぶた》に焼きついている。

コピーしていないのなら僕はビクビクしなくてもいい。

僕は自由だ。

自由になれるのか。

獅童と離れられるのか、と寿明は考えた瞬間、胸の鼓動が速くなった。

健康診断では異常なしだったが、やはり、再検査したほうがいい。隣では獅童が軽い寝息を立てている。その綺麗《きれい》な横顔を見れば、さらに胸がキリキリキリッ、と痛む。

「……痛っ」

寿明の口は無意識のうちに動いていた。

「兎、腹が減ったのか？」

寝ていたとばかり思っていた獅童の腕が伸び、肩を抱き寄せられる。一瞬、寿明の身体は強張《こわば》った。

「……違う。心不全かもしれない」

動悸《どうき》や息切れもひどい、と寿明は自分の身体の中に巻き起こる嵐《あらし》に困惑した。獅童に抱き寄せられた途端、さらに苦しくなったから心因性のものだろうか。

「心不全の奴があんなに元気なわけがない」

「心臓の病気だと思う。君とつき合っていると悪化する一方だ」

命に関わる、と寿明が切羽詰まった調子で続けると、獅童は楽しそうに喉の奥で笑った。傍らにいたダイアナや豹童も楽しそうに声を立てて笑っている。

「兎、頭がいいくせに気づかないのか？」

「専門外だ」

「それ、恋患いだろ」

一瞬、何を言われたのかわからず、寿明は怪訝な顔で聞き返した。

「……え？」

「恋患いの症状だ」

獅童に慈しむように頭を撫でられ、寿明は掠れた声で言い返した。

「……違う」

「……ああ、勉強ばかりしてきたからわからないんだ。それは恋患いだ。よかったな。兎の恋は実る」

「……ぜ、絶対に違う」

寿明は耳まで真っ赤にして反論したが、獅童は取り合ってくれなかった。周囲の笑い声がさらに大きくなる。

「獅童だって初めてだから、イライラやムカムカの理由が恋患いだって気づかなかったくせに」

ダイアナが茶化すように明かすと、豹童は手をひらひらさせながら言った。

「結局、ふたりとも遅い思春期か」

「兎なんて三十五年も生きてきて、何をやってきたんだろうね。先代ボスなら子供が三人いた」

「先々代ボスなら子供が十三人いた」

ダイアナや豹童の会話が癪《しゃく》に障る。

まったくもって、居心地の悪いフライトだった。けれど、心臓は止まらなかったし、不思議なくらい獅童の温もりが優しかった。

8

案の定、時間がない。寿明《としあき》はプライベートジェットで空港に降り立った後、タクシーの運転手に扮《ふん》した豹童《ひょうどう》のタクシーに乗り込んだ。この際、構っていられない。

豹童は制限速度を完全に無視し、抜け道を使って、朝靄《あさもや》のかかる二階堂《にかいどう》美術館に辿《たど》り着いた。

「……よかった。間に合った」

「お客さん、お忘れ物のないように」

「ありがとう」

寿明は礼を言ってから飛び降り、スタッフ専用出入り口に進む。警備員のチェックを受け、館長室に向かった。

獅童《しどう》の綺麗《きれい》な横顔がちらつくが眼底から追いだす。思いだした途端、心臓の鼓動が速くなるがドイツ語の文法を脳裏に浮かべて消す。

絶対に恋じゃない、と寿明は自分で自分に言い聞かせた。

ベテラン学芸員と朝の挨拶《あいさつ》もそこそこに、仕事の話に突入する。これでようやく、傲岸《ごうがん》不遜《ふそん》な獅子王《ししおう》の面影が消えた。

守る。

文化庁の役人を迎える仕事をした後、フランス帰りの学芸員によるワークショップを見

館長として温和な笑顔と威厳必須《ひっす》のせわしない仕事が続いた。美術館の営業時間が終わっても、今夜は館長として顔を出さなければならないパーティがある。寿明は主催者側《がわ》から回されたリンカーンでパーティ会場に向かった。

はっきり言って、寿明はどんなパーティも苦手だ。ガーデンパーティでも楽しめない。挨拶をしたら早々に退散するつもりだった。緊張しながら受付を通り、ライトアップされた薔薇園《ばらえん》に辿り着く。

「館長、ようこそいらしてくださいました」

主催者と挨拶を交わした時、パーティ会場がざわめいた。若い女性も分別を重ねた女性も一様に浮き足立つ。数多《あまた》の女性の視線を浴びているのは、受付に颯爽《さっそう》と現れた長身の美青年だ。

「あぁ、是枝《これえだ》グループの雅和《まさかず》会長がいらっしゃったら空気が変わる。どこでもそうです」

主催者は羨ましそうに苦笑を漏らし、隣の夫人はそわそわと頬《ほお》を染めた。

主賓客である北欧の王女が自分から真っ先に声をかける。是枝グループの若い会長にご執心なのは確かだ。秘書として獅童に従っているのは、イタリア製のスーツを身につけた豹童である。ライフルを構えていた姿が嘘《うそ》のようだ。

寿明は曖昧《あいまい》な笑みを浮かべ、主催者夫婦から距離を取った。

あれが獅童か。

嘘だろう。

別人みたいだ、と寿明は王女に腕を取られた絶世の美青年を薔薇のアーチの陰から見つめた。どうしたって、貴公子然とした雅和会長が柳葉刀を振り回した獅童と同一人物には思えない。

獅童と目が合った。

ニッ、と獅童はそれとわからないように目を細めた。

……あれは獅童、絶対に獅童だ、と寿明が確信を持った瞬間。

ズガーン、という銃声が響き渡った。

「……きゃ、きゃーっ」

「……ひっ、ひぃーっ」

「……やっ、雅和会長ーっ」

甲高い女性の悲鳴が上がり、警備員たちが物凄《ものすご》い勢いで飛び込んでくる。主催者夫妻はその場にへたり込んだ。

寿明は呆然《ぼうぜん》と立ち尽くすだけ。

何せ、東洋と西洋の美を体現した美形が真紅の薔薇の前で倒れている。スーツの左の胸

は血の色に染まっていた。

獅童はピクリとも動かない。

ドクドクドクッ、と夥《おびただ》しい血は流れ続けている。

秘書としてついていた豹童が、真っ青な顔で声を張り上げた。

「救急車をお願いします。速水《はやみ》総合病院に搬送してください。大至急、副院長への連絡もお願いしますっ」

豹童の絶叫でも主催者夫婦は正気を取り戻せず、座り込んだままだが、代わりに支配人が迅速に動いた。救急車を手配し、神の手を持つという評判の天才外科医がいるはずの総合病院に連絡を入れる。

フレイアの再来と称《たた》えられている王女が、ヒステリックに泣きじゃくった。私《わたし》のせい、お父様よ、お父様が殺し屋を雇ったのよ、と血まみれの獅童に縋《すが》りつき、応急処置もさせようとしない。

……否、応急処置は無用なのか。

即死なのか。

優雅な薔薇園ではあちこちで女性が卒倒し、ホテル側が対応に追われている。救急車のサイレンが近づいてきた時、地獄の使者の声が聞こえた。

「うちの虎《とら》に鉛玉を撃ち込んだ。覚悟していたはずだ」

……あ、獅童を迎えにきた地獄の使者、と寿明はようやく自分を取り戻す。

振り返れば、尋常ならざる迫力の大男がふたり、並んでいた。ひとりは知っている。眞《ま》鍋《なべ》の虎と呼ばれている松本力也《まつもとりきや》こと高徳護国《たかとくごこく》流宗主の次男坊だ。けれども、隣にいる鋭い目つきの若い男は知らない。

だが、一般人ではないと一目でわかる。咲き誇る薔薇を存在だけで霞《かす》ませる男だ。

「寿明さん、例の動画のコピーをふたつ、処分しました。これで寿明さんを縛るものはありません」

リキにそっと耳打ちされ、寿明は衝撃で倒れそうになったが、すんでのところで踏《ふ》み留《とど》まる。

「……よ、義信《よしのぶ》殿？」

寿明は縋るように手を伸ばしたが、リキに半歩、引かれてしまった。それでも、立ち去ったりはしない。

「イジオットが去った後、寿明さんの前で処分した動画のほかに、獅童がふたつ、コピーを隠し持っていました。うちのサメが発見し、処分しました」

リキはいつもと同じ調子で淡々と言った。寿明は頭では理解できたが、心ではついていけない。

「……え？」

「……よ、よ、義信殿が無事なのは嬉《うれ》しい……い、今のは？　今の狙撃《そげき》は？」

リキに先日狙撃されたダメージはまったく感じられなかったが、獅童は血まみれのまま微動だにしない。

「……し、し、しし……」

「自由に生きてください」

薔薇の香りの夜風とともに、最強の男の声が寿明の耳に届く。誰もが感服した剣士だ。

「……し、し、獅童は？」

「寿明さんは自由です」

「……獅童はどうなった？」

「狂犬に噛《か》まれたと思って忘れてください」

「宋《そう》一族の汚い手です」

寿明がもつれる舌を必死になって動かしたが、リキから返事はない。修行僧のような顔で一礼すると、激烈な迫力を張《みなぎ》らせている男と去っていった。異彩を放つふたりがいるだけで、優雅な薔薇園が戦場に見える。

普通の男じゃない。

高名な剣士でもああいう男はいなかった。

義信殿が仕えている眞鍋組の二代目組長だ、と寿明はなんとなく気づいた。あれぐらいのヤクザじゃないと義信殿は下につかない、と。

王女は半狂乱で泣きじゃくり、誰も手がつけられない。獅童が狙撃されたのは自分のせいだと思っているようだ。どうやら、父親の国王は前々から王女の獅童に対する恋心に警戒していたらしい。

「雅和会長もお気の毒に……」

「王女様は雅和会長のために国を捨てる覚悟でいらしたみたいですが……お立場上、難しいと思いますわ……お可哀相《かわいそう》に……」

「お父上様は婿に考えている王族がいらっしゃるみたいですから……」

居合わせたセレブたちも国王による暗殺説に同調した。それぞれ、狙撃された是枝グループの会長に同情している。

けれども、寿明は真実に気づいていた。

違う、これは眞鍋組の報復だ。これが獅童の生きていた世界だ。義信殿が生きている世界だ。

寿明の胸にポッカリと穴が空いた。

場所が場所だけに隠蔽《いんぺい》することができなかったらしく、是枝グループの会長の狙撃事件はニュースで流れた。その後、搬送された病院で死亡が確認された。二十七歳という若さで逝《い》った。近親者だけの密葬で見送るそうだ。献花も香典も辞退するという連絡が各所に届いたらしい。

どうやって惨劇の場となった薔薇園から出たか、寿明はもはや覚えてはいない。それでも、職場には休まずに通った。

心臓の鼓動は速くならない。

動悸《どうき》も息切れも苦しくない。

心臓がどこかに消えたから当然だろう。……と、錯覚するぐらい胸にポッカリと大きな穴が空いた。

ずっと穴は空いたままだ。

あれから宋一族の影は微塵《みじん》も感じない。獅童にべったりとつけられた多くのキスマークも消えた。

本当に死んだのか。

本当に殺されてしまったのか。

獅童のことだから誰かに化けているんじゃないか。

そのうちひょっこりと顔を出すんじゃないか、と寿明は穴が空いた胸を押さえつつ、日々を過ごした。

毎晩、寝る前になると涙が溢《あふ》れた。

『一度しか言わないからよく聞け』

あれは照れ隠しだったのか、背中越しの愛の言葉。

『愛しているから俺のものになれ』

抱かれたベッドを処分して、新しいベッドにしても涙は涸《か》れない。夢の中でも愛を囁《ささや》いた男が現れる。

そうして、いやでもわかった。

脅迫者が消えても自由を感じられない自分自身に。

だからこそ、祖母と母親が強力なタッグを組み、見合い話を持って職場に乗り込んできてもきっぱりと断った。

「寿明くん、いいお嬢さんなのよ。一度でいいから会ってごらん」

かつて義信や藤堂《とうどう》と話し合った美術館併設のカフェで祖母に粘られる。隣の母の迫力はいつにも増して凄《すさ》まじい。

「お祖母《ばあ》ちゃん、僕は結婚できない」

寿明は明確な声で宣言してから、花の香りのするモカを飲んだ。以前、藤堂が宋一族のメンバーだと目で示したスタッフはいなくなっていた。

「納得できる理由を話しておくれ」

「好きな人ができた」

いなくなって初めて気づいた。

あんなひどい男が好きだったんだ、と寿明は生まれて初めて体験した凄絶《せいぜつ》な喪失感の原因に気づいた。文部科学省のエリートコースから転落した時の比ではない。ルーベンスの『花畑の聖母』を盗まれた時とも違った。

「それならそうと早く言いなさい。連れてきなさいな」

「好きな人が亡くなった」

寿明が悲痛な面持ちで明かすと、祖母と母は同時に息を呑《の》んだ。どちらも夢想だにしていなかったらしい。嘘を言っているとも思わないらしい。

「……知らなかったわ。寿明くんをそんな顔にさせる人がいたのね」

祖母は慈愛に満ちた微笑を浮かべ、寿明の手をぎゅっ、と握った。無理やり、前向きにさせないところが好きだ。

「お祖母ちゃん、僕は一生、独身だと思う」

「人生はまだまだ長いの。今は辛《つら》くて考えられないと思うけど……そうね。寿明くんの心が癒《い》えるのを待ちましょうか……」

涙目の祖母とは裏腹に母親は目で、立ち直るためにも見合いをしろ、という圧力をかけてくる。それでも、口には出さなかった。さすがに、今までとは違う寿明に気づいたからだろう。

あんなひどい男のどこがいいんだ。

僕は乱暴された挙げ句、動画まで撮られて脅迫された。

動画にはコピーがふたつも残っていた。

傲岸不遜な犯罪者じゃないか、と寿明は心の中で自分を叱責《しっせき》する。それでも、獅童に対する気持ちを自覚したら変えられない。

獅童に囁かれた甘い言葉が耳から離れない。唇はキスを覚えている。胸の温かさも記憶に新しい。

こんな辛いことがあるのだと、生まれて初めて知った。

9

どんな力が働いたのか不明だが、当日以後、是枝《これえだ》グループの会長の狙撃《そげき》がメディアで取《と》り沙汰《ざた》されることはなかった。犯人も検挙されていない。噂《うわさ》によれば、警視庁も始めから犯人検挙を諦《あきら》めているフシがあるという。狙撃犯は一流の殺し屋で、依頼者は北欧の国王だと真《まこと》しやかに囁《ささや》かれていた。

寝ても覚めても思いだすのは、若くして亡くなった是枝グループの雅和《まさかず》会長だ。ひどい男なのに、まったく想《おも》いが消えない。

一生、独身だ、と寿明《としあき》は改めて今後の自分の人生を考えた。生涯、独身ならばこれからいろいろと考慮して生きなければならない。

それでも、今、そんな余裕はない。美術館の仕事が楽しく、やり甲斐《がい》があり、夢中になれるから助かっていた。もっと言えば、仕事中だけは獅童《しどう》の面影に嘆かずにすんだ。

「館長、今日は大宮《おおみや》学院大学の経済学部の見学があります。同席してください」

一番若い学芸員に神妙な面持ちで頼まれ、寿明は予定表に視線を留めた。名門中の名門として名高い明治創立の大宮学院大学の見学だ。中等部や高等部は名家の子息揃《ぞろ》いだし、外部入学生が増える大学にしてもレベルが高いから、展示室で大暴れする危険はないだろう。

「ああ、今日は大宮学院大学ですか」

「寄付金や授業料が無茶苦茶高いセレブ校です。僕は中等部から庶民派の清水谷《しみずたに》なんで嫌いです」

若い学芸員が敵意を剝《む》きだしにしたので、寿明は面食らってしまう。背後ではベテラン学芸員が呆《あき》れたように肩を竦《すく》めている。

「そういえば、清水谷学園と大宮学院は伝統のライバル校でしたね？」

「はい。庶民学校は金持ち学校に運動と武道以外で勝ったことがありません。よろしくお願いします」

文武両道を掲げた清水谷学園は、旧制中学の校風が今も色濃く残る名門校だ。元士族や軍人子弟が多く、元公家《くげ》の子弟が多かった大宮学院とは、旧制中学時代から何かと張り合っていたという。

「君、ギャラリートークの担当は僕じゃない」

「この作品で何を言いたかったのか、この作品は何を表しているのか、とか質問されても困ります。大宮のお坊ちゃんはそういうことを聞きそうだから」

若い学芸員が苦手な質問は、寿明も大の苦手だった。

「それは君の役目です」

「そういうの、館長のほうが得意そうです」

若い学芸員は二階堂《にかいどう》美術館のスタッフには珍しいタイプだが、二階堂家当主直々の推薦で採用されたという。真面目《まじめ》で潑剌《はつらつ》としているし、寿明も気に入っていた。

「君の仕事です。期待しています」

「……ま、館長じゃ、アイドルの一日館長に間違えられるからしょうがないか」

「君、一言多い」

寿明が苦笑を漏らすと、若い学芸員はふんぎりがついたらしい。戦地に赴くような顔で、伝統的なブレザー姿の大学生たちを迎える。学校行事の一貫らしいが、わざわざ制服を着用して来館する大学は珍しい。

「今日はよろしくお願いします」

ひとりとしてスマートフォンを操作せず、騒いだりせず、行儀よく整然と進む。剣道仲間とは真逆のタイプばかりだが、寿明の母校の学生ともまた一風違う。よくも悪くも上流階級の子息たちである。

「二階堂美術館でルーベンスを観《み》た、とこれだけは覚えて帰ってください。ネロが最期に観たルーベンスです。ネロの気分になる必要はありませんが、ネロの気分になって観賞すると価値がわかります」

若い学芸員は本番に強いのか、上がりもせず、ユーモアたっぷりに展示している美術品の説明をする。名門校の学生たちも熱心に聞き入っていた。私語もせず、禁じているペンではなくちゃんと鉛筆でメモを取っている。引率の学校側《がわ》もこんな礼儀正しい学生たちならば楽だろう。

大学一年生と聞いたが、上背の高い男子学生が多い。よくよく見れば、欧米人の生徒も多いようだ。その中で一番身長が高く、パリコレで活躍しているファッションモデルのような男子学生を見つけた。

心臓が止まった。

心臓が止まったかと思った。

獅童がいる。

……いや、獅童にそっくりな男子学生がいる。

とうとう僕の目がおかしくなった、と寿明は愕然《がくぜん》とした。地に足がついていないような気がする。

獅童によく似た男子学生と目が合った。

ペコリ、と爽《さわ》やかな笑みを浮かべて会釈する。人を人とも思わない男ではない。よく似ているが他人だ。

「館長、どうされました？」

引率している初老の教授に声をかけられ、寿明は平静を装って答えた。

「……あ、よく似ている人を知っていましたから」

「……あぁ、館長なら亡くなった是枝グループの雅和会長とお知り合いでしょう」

ズキッ、とその名前を聞いた瞬間、寿明の胸が疼《うず》いた。

「……はい。雅和会長とは挨拶《あいさつ》をするぐらいでしたが……」

「彼は雅和会長の弟さんです。両親が亡くなったばかりだというのに、お兄様まで亡くされてお気の毒です。気丈に振る舞っていますが、痛々しくて見ていられない」

仲がいい兄弟でした、と初老の教授はしんみりとした口調で続けた。残された弟の孤独に同情している。

「……是枝雅和会長の弟さんですか？」

寿明は是枝グループの会長に名門大学に通う弟がいたことを思いだした。雅弘《まさひろ》、という名前だったはずだ。

「はい。兄の雅和会長も優秀でしたが、弟の雅弘くんも優秀です」

「……そうですか。お労《いたわ》しいことです」

獅童ではなく弟の雅弘だ。それなのに、寿明の胸の鼓動がさらに速くなる。動悸《どうき》と息切れがひどくなり、隣にいたスタッフにも気づかれた。

「館長、大丈夫ですか？」

「……すみません」

寿明は小声で詫《わ》びると、大宮学院大学の団体から離れた。胸を押さえながら展示室から出て、長い廊下を真《ま》っ直《す》ぐに進む。

よく似た弟を見ただけなのにおかしい。

僕はいったいどうしてしまったんだ、と寿明は心の中で自分を叱責《しっせき》した。チラシ置き場を進み、非常階段に続くちょっとしたスペースで立ち止まる。壁に寄りかかって、深呼吸をした。

打ち消そうとしても消せない男が瞼《まぶた》に浮かんだ瞬間、耳にこびりついている声が聞こえてきた。

「館長、質問したいことがあります。いいですか？」

振り向けば、寿明の胸の鼓動を速くした男子学生が爽やかな笑みを浮かべている。獅童によく似ているが、雰囲気はまるで違う。是枝家の息子として育っているのか、まだ若いから宋《そう》一族の仕事には関《かか》わっていないのか、定かではないが、いかにもといった良家の子息だ。どこか、ケンブリッジの学生を彷彿《ほうふつ》させる。

「……はい？」

寿明は周囲にほかの学生や教授を探したが、ひとりも見当たらない。非常階段に続く場所であり、館内では穴場的な空間だ。スタッフも配置していない。

「ああ、自由行動になりました」

「そうですか」

寿明が作り笑いを浮かべると、良家の端麗な次男坊は明瞭《めいりょう》な声で尋ねた。

「館長、好きな人はいますか?」

一瞬、何を言われたのか、寿明はわからなかった。

ふたりの間に妙な沈黙が流れる。

もっとも、寿明は目の前の学生のエンブレムを見て自分を取り戻した。伝統校のお坊ちゃまの悪戯《いたずら》かもしれない、と。

「プライベートな質問には答えかねる」

寿明が諭すように温和な声で答えると、名家の子息は照れくさそうに目を細めた。けれど、引いたりはしない。

すぐに、寿明は肩を物凄《ものすご》い力で摑《つか》まれ、クルリと反転させられる。いきなり、視界が壁で埋まった。

「……え?」

寿明が振り向く間もなかった。背中越しに、良家の次男坊の声が聞こえてきた。

「好きです。僕とつき合ってください」

面と向かって告白できないから、壁に向かせたのだろう。壁ではなく青空の下に広がる海だったら、一昔前の青春映画かもしれない。どちらにせよ、獅童ならば絶対にこんな甘酸っぱい告白はしなかったはずだ。

「……大宮学院ではそういうゲームが流行《はや》っているのですか？」

大人がここで動揺してはいけない、と寿明は体勢を戻しながらやんわりと言った。すると、雅弘の目の色が変わった。

「……いい加減に気づけ」

バンッ、と良家の子息が忌々《いまいま》しそうに壁に手をついた。

「……え？」

「何故《なぜ》、わからない？」

その目もその唇もその声も、その姿勢もそのムードも、大胆不敵な大盗賊の首領そのものだ。

……が、そんなはずはない。

そんなはずないのだ。

いくら獅童でも地獄から蘇《よみがえ》るはずがない、と寿明の思考回路はショート寸前。

「……え、え、え、ええ？」

「あの時は俺だって見破ったくせに……」

我慢できなくなったかのように、強く抱き締められる。寿明は馴染《なじ》みのある腕に思いきり動転した。

「……え？　そんなはずはないっ」

寿明が驚愕《きょうがく》で声を張り上げると、口元が意味深に緩められた。

「相変わらず、可愛《かわい》いな」

薄い唇が寿明の半開きの唇に重なった。

この唇には覚えがある。上唇を強く押し当てるキスにも覚えがある。強引に侵入してくる舌にも覚えがある。

名残惜しそうにキスを終わらせたのは寿明が知る獅童本人だ。

「……し、し、獅童？」

寿明はキスを交わした唇をまじまじと見つめた。

「キスしたらわかるのか」

「……し、し、し、し、死んだ……」

寿明はその場で獅童の長い手足を確かめる。夜の薔薇園《ばらえん》で狙撃された胸も両手で恐る恐る撫《な》でた。

「俺を恋しがって泣くから地獄から戻ってきた」

獅童は不敵に口元を緩め、寿明の身体《からだ》を抱き直す。ちょっとした仕草も間合いも、宋一族の若き帝王のものだ。

「……た、助かったのか？」

「眞鍋《まなべ》の奴《やつ》、芸者のヒモになった後はホストや闇《やみ》医者のヒモになって、クソ忙しいくせにやりやがった」

獅童が腹立たしそうに言った内容には首を傾《かし》げる。狙撃された後遺症が大きいのかもしれない。

「……獅童、全然、意味がわからない。まだ後遺症が残っているみたいだから安静にしていよう」

「眞鍋組の姐《あね》さんが新婚旅行で狸《たぬき》と駆け落ちして、熱海《あたみ》で芸者になったと思ったら、歌舞《かぶ》伎《き》町《ちょう》でホストになって、闇医者になった。組長も虎《とら》もサメも過労死しないほうが不思議だぜ」

獅童は自分が誰に狙撃されたのか、的確に摑んでいるようだ。眞鍋組の二代目組長や右腕の虎、諜報《ちょうほう》部隊を率いるサメへの殺気が凄《すさ》まじい。

「いくらなんでも、その大嘘《おおうそ》はひどすぎる」

「本当だ。狸の駆け落ち相手にも芸者にもホストにも闇医者にも食品会社の社長にもなる姐さんに、眞鍋は振り回されている」

獅童は真顔で七変化する二代目姐について言及した。どんなに逞《たくま》しく妄想力を働かせても、寿明には現存する人物だと思えない。

「そんな人が世の中にいるわけないだろう。これ以上、僕を騙《だま》すのはやめてくれ」

僕を侮るのもいい加減にしろ、と寿明は複雑に絡み合った感情を爆発させた。もう何がなんだかわからない。

「いるんだよ。騙していない。眞鍋は俺に関わっている暇がないくせにやりやがった。ぬかったぜ」

「ガーデンパーティで眞鍋組の二代目組長を見た。迫力のある恐ろしい大男だった。そんなろくでもないことに振り回されるヤクザに見えない」

迫力だけなら獅童よりずっとあった、と寿明は眼底に再現した不夜城の覇者に身震いする。日光の鬼神が命を捧《ささ》げてもおかしくない美丈夫だ。

「それが惚《ほ》れた弱みで振り回されているんだ」

ふっ、と獅童は馬鹿《ばか》にしたように鼻で笑い飛ばした。もちろん、寿明は若い帝王が語る不夜城の支配者が想像できない。

「信じられない。せっかく助かったのにそんな変な嘘をつくのはやめてほしい……あの時、狙撃されたな?」

知《し》らず識《し》らずのうちに、寿明は獅童の身体に腕を回していた。その無事を確認するかのように。

瞬時に若い帝王の雰囲気が柔らかくなる。

「助かった」

「助かったならどうして死んだことにした？」

　是枝グループにとって、独身の会長の死は打撃以外の何物でもない。新しい会長職には代理という形で是枝不動産の社長が就いた。

「北欧の王女と南米の大統領の娘がウザかったから死んだ。雅和でいることも潮時だったんだ」

　ここでようやく不可解な是枝兄弟に気づき、寿明はまじまじとお坊ちゃま校の制服に身を包んだ獅童を見上げた。

「……どういうことだ？　君は今、大宮学院の大学生の弟に化けているのか？」

　寿明は二十七歳の獅童が十八歳の弟に扮《ふん》しているものだとばかり思っていた。巧みなテクニックにより、違和感はまるでない。

「……そんなことより、好きな奴が死んだから一生、結婚しないんだってな？　俺のことだな？」

　獅童が誤魔化そうとしていることは明らかだ。寿明は伝統の象徴のようなエンブレムを指で突いた。

「……ちょっと待て。是枝雅和会長は世間的に死んだ。世間的に生きているのは弟の是枝雅弘だ」

　弟が社会人だったならば会長の椅子《いす》が回ってきたかもしれないが、いかんせん、当時、高校生では話にならない。是枝一族には不慮の事故が続いていた。

「俺に惚れているよな?」

「どうして、世間的に雅和会長を殺した?」

「社外秘」

獅童の表情を目の当たりにして、寿明にはいやな予感が走った。最初から年齢に関し、歯切れが悪かったのだ。

「……ま、まさか、君が雅弘か? 違うな?」

兄が弟に化けているのではなく、今まで弟が兄に化けていたのだろうか。どんなに記憶を歪《ゆが》めても、尊大な獅童が学生だとは思えないが。

「兎《うさぎ》より人生経験は積んでいる」

絶世の美青年の顰《しか》めっ面《つら》に年齢に対するコンプレックスが見えた。

「……君の名前は獅童か? 獅童じゃないのか?」

いったい何が真実なのか、寿明には見当もつかなかった。まず、名前から確かめなければならない。

「宋一族のトップはどういうわけか昔から次男が継ぐ。長男はだいたい早死にするか、若くして子供ができない身体になる。宋一族の当主に生まれた男子はみんな、獅童、と呼ばれる。長男は獅童・壱で次男は獅童・弐、三男がいたら獅童・参」

「……ま、まさか、君は獅童・弐か？」

寿明が確かめるように聞くと、獅童は肯定するように頷《うなず》いた。

「長男の雅和は子供の頃から身長は高かったが身体が弱かった。オヤジとオフクロの後を追うように逝《い》っちまったけど、公表しなかった」

獅童は憮然《ぶぜん》とした面持ちで、自分が是枝家の次男である雅弘だと明かした。嘘をついている気配はない。

「……君が亡くなった長男のふりをしていたのか？」

寿明でも長男の死を隠した理由は手に取るようにわかる。弟が変装の名人ならばなおさらだ。

「ああ、必要に迫られた時は俺が雅和のふりをした」

「……き、き、き、き、君は大学生なのか」

寿明は今さらながらに獅童の実年齢を知って愕然とした。ガツンッ、とハンマーで頭部を殴打されたような気分だ。

「ママ活でしょっぴかれることはないから安心しろ」

獅童に強く抱き直され、寿明は慌てて身体を捻《ひね》った。

「……やめなさい」

「久しぶりなんだぜ。触らせろ」

寿明は暴れた瞬間に、獅童の下肢の昂《たか》ぶりに気づく。若い証拠だと納得していられない。

「未成年、僕を犯罪者にする気か……あ、もう僕は犯罪者なのか……いや、僕の意志じゃなかった……まさか、学生だったなんて……」

十八歳ならギリギリセーフか。アウトか。問題はそういうことではないのか。昨今、未成年相手の淫行《いんこう》事件が、ノルマのようにメディアで取り沙汰されている。不可抗力であれ、裁かれるのは未成年の獅童ではなく社会人ではないのだろうか。ちゃんと事情が考慮されるのだろうか。

「歳《とし》ぐらいで悩むな」

獅童に腰を撫で回され、寿明は全力を傾けて手足を動かす。いくら人気《ひとけ》がないところでも危険だ。

「僕に触るな」

寿明が逃げようとしても、獅童の力強い腕に引き戻される。巧みな動きで再び壁側に追い込まれてしまった。

「俺に惚れているんだろう。触らせろ」

耳朶《じだ》を嚙《か》まれそうになり、寿明は瞬時に首を捻った。

「十八歳と判明したら話はべつだ」

「待て」

華やかな美貌《びぼう》が醜悪に歪むが、寿明は怯《ひる》んだりはしなかった。

「君は学生にあるまじきことばかりしている。先祖のくだらないメンツに縛られず、学生らしい青春を送りなさい」

あれが学生のすることとか、と寿明は声高に説教したい気分だ。どの行為にも学生らしさは微塵《みじん》もなかった。

「……だから、さっき、爽やかな学生らしく告白してやったんじゃねぇか」

獅童には獅童なりの言い分があるらしく、忌々しそうに舌打ちをした。全身から凄絶《せいぜつ》な怒気が発散される。

「いくらなんでもひどい」

「ひどいのはそっちだ」

「ひどすぎるのは君だ」

「そっちだろ」

獅童に閻魔大王《えんまだいおう》のような顔で睨《にら》まれた瞬間、寿明は深淵《しんえん》に沈めていた言葉をポロリ、と漏らした。

「……い、生きていてよかった……」

言うつもりではなかったのに、気づいたら勝手に口が動いていた。寿明は自分が信じられず、口を手で押さえる。

もっとも、獅童の顔も信じられないくらいだらしなく緩んだ。

「最初からそう言え」

ぎゅっ、と大柄な大学生は抱き締める腕に力を込める。もっと言えば、甘えるように抱きついてくる。

もはや、寿明も心を偽ることができない。

「……無事でよかった……もう二度と会えないかと思った……」

寿明の胸が無性に熱くなり、迸《ほとばし》るような切ない本心を吐露する。再会できるとは思っていなかった。諦めていたから、嬉《うれ》しいというより夢を見ているような気分だ。夢なら覚めないでほしい、と切実に思う。

「もっと早く会う予定だった」

身体が動かなかった、と獅童は悔しそうに小声で続ける。男としての矜持《きょうじ》がひしひしと伝わってきた。

「残りの十三枚、諦めろ。もう充分だ」

寿明の目が自然に涙で濡《ぬ》れた。

宋一族の当主は騙された自分が許せなかっただけだ。受け継いだ次男坊も一族を救えなかった自分を許せなかっただけだ。先祖の恥辱を雪《すす》ぐため、末裔《まつえい》が犯罪者として闇で動く必要はない。

「館長が俺のものになるなら考える」

ペロリ、と獅童は寿明の目に浮かんだ大粒の涙を舌で舐《な》め取った。どこか照れくさそうだ。

「……君は嘘をつく。九龍《クーロン》の大盗賊を解散させる気はないだろう」

「遅い初恋なんだ。実らせろ」

獅童は甘えん坊の子供のように抱きつき、寿明の目尻《めじり》にキスを落とす。引率の講師のひとりが近寄ってきた。

「……は、離れなさい。僕が逮捕される」

寿明は慌てて逃れようとしたが、獅童の腕の力は緩まない。

引率の講師は柱の前で立ち止まると、ウインクを飛ばしてきた。どうやら、宋一族のメンバーらしい。

「連れ去りたいのを我慢している。じっとしていろ」

拉致《らち》して監禁したい、と獅童の帝王然とした双眸《そうぼう》は雄弁に語っている。

引率の講師のほか、入館者のふりをした豹童《ひょうどう》と狐童《こどう》、ダイアナが現れた。今すぐにでも拉致できる態勢だ。美術館の警備員の巡回時間は三十分後である。

「……き、君は……」

「大盗賊稼業は楽だぜ。ターゲットを贋作《がんさく》とすり替えればいい。ターゲットは文句も言わず、俺のものになるのに……どうして、兎は俺のものにならない？」

稀代《きたい》の大盗賊ならではの悩みに、寿明は呆気《あっけ》に取られた。獅童に冗談を言っている気配がないので重症だ。

「君が成人してから話し合おう」

「そんなに待てるか」

獅童に凄絶な葛藤《かっとう》を感じ、寿明は折衷案を考えた。学生相手ならば学生らしい健全なデートだ。

「……ならば、上野《うえの》動物園で会おう」

確か、剣道仲間の直人《なおと》や学生時代の同級生のデートの行き先は上野恩賜《おんし》公園だった。彼女の手作り弁当に感動していた記憶がある。

「上野動物園？」

珍しく、獅童の素《す》っ頓狂《とんきょう》な声が上がる。

「学生のデートの定番は上野動物園なんだろう？」

直人はゾウが舎に入る姿を楽しそうに語っていた。パンダは待ち時間で彼女が倒れそうになったし、せっかく順番になってもずっと寝ていたから寂しかったという。

寿明はどこまでも真面目だったが、獅童は噴きだすのを耐えているらしい。

「その情報はどこから仕入れた？」

「違うのか？」

「……まぁ、いいさ。上野公園のデートからだな。初めての兎のためにセオリーを踏んでやる」

上野公園のデートで拉致は免れた。けれど、次はどうなるのだろう。これから、どうなるのだろう。

だが、寿明は今後より今だ。

再会してわかった。

十八歳だと知っても気持ちは変わらない。

ひどい男なのに好きなんだ、と寿明は恋に落ちた自身に戸惑う。獅童を突き放せない自分を痛感したから仕方がない。

こんなに胸が熱くなった相手は初めてだ。

とりあえず、迷うのは上野動物園でゾウを見てからにする。

あとがき

講談社X文庫様では四十八度目ざます。立て続けの幸運に歓喜の舞を千鳥足で踊っている樹生《きふ》かなめざます。

……ええ、趣味と煩悩を詰め込んだ物語を連続刊行していただきました。ロシアのウラジーミルやニコライ、藤堂《とうどう》や眞鍋《まなべ》のリキと清和《せいわ》も絡ませることができました。そのうえ、電子書籍版などでは、リキと正道《まさみち》の物語も綴ることができました。よぼよぼでも長生きしていれば、いいことがございますね。これらの幸運はすべて読者様のおかげです。

担当様、いつもながらありがとうございます。

神葉理世《しんばりぜ》様、描きづらいなんてものではなかっただろうに、素敵に仕上げてくださってありがとうございました。

読んでくださった方、ありがとうございました。

再会できますように。

本場でワーテルゾーイが食べたい樹生かなめ

『龍《りゅう》&Dr.《ドクター》外伝《がいでん》　獅子《しし》の誘惑《ゆうわく》、館長《かんちょう》の決心《けっしん》』、いかがでしたか？

樹生《きふ》かなめ先生、イラストの神葉理世《しんばりぜ》先生への、みなさまのお便りをお待ちしております。

樹生かなめ先生のファンレターのあて先

〒112-8001　東京都文京区音羽2-12-21　講談社　文芸第三出版部「樹生かなめ先生」係

神葉理世先生のファンレターのあて先

〒112-8001　東京都文京区音羽2-12-21　講談社　文芸第三出版部「神葉理世先生」係

N.D.C.913　255p　15cm

樹生かなめ（きふ・かなめ）　講談社X文庫

血液型は菱型。星座はオリオン座。
自分でもどうしてこんなに迷うのかわからない、方向音痴ざます。自分でもどうしてこんなに壊すのかわからない、機械音痴ざます。自分でもどうしてこんなに音感がないのかわからない、音痴ざます。自慢にもなりませんが、ほかにもいろいろとございます。でも、しぶとく生きています。
樹生かなめオフィシャルサイト・ROSE13
http://kanamekifu.in.coocan.jp/

white heart

龍《りゅう》& Dr.《ドクター》外伝《がいでん》　獅子《しし》の誘惑《ゆうわく》、館長《かんちょう》の決心《けっしん》

樹生《きふ》かなめ

●

2019年6月3日　第1刷発行

定価はカバーに表示してあります。

発行者——渡瀬昌彦
発行所——株式会社　講談社
東京都文京区音羽2-12-21 〒112-8001
電話　編集 03-5395-3507
販売 03-5395-5817
業務 03-5395-3615
本文印刷—豊国印刷株式会社
製本——株式会社国宝社
カバー印刷—半七写真印刷工業株式会社
本文データ制作—講談社デジタル製作
デザイン—山口　馨

ISBN978-4-06-515545-5